GRANTRAVESÍA

GREG VAN EEKHOUT

PERRONAUTAS

GRANTRAVESÍA

Perronautas

Título original: *Voyage of The Dogs*

Publicado según acuerdo con el autor c/o Baror International, Inc., Armonk, New York, USA

Traducción: Juan Cristobal Álvarez Prieto
Imagen de portada: Mark Frederickson
Diseño de portada: Aurora Parlagreco

D.R. © 2018, Editorial Océano de México, S.A. de C.V.
Homero 1500 - 402, Col. Polanco
Miguel Hidalgo, 11560, Ciudad de México
www.oceano.mx
www.grantravesia.com

Primera edición: 2018

ISBN: 978-607-527-748-6

IMPRESO EN MÉXICO / *PRINTED IN MEXICO*

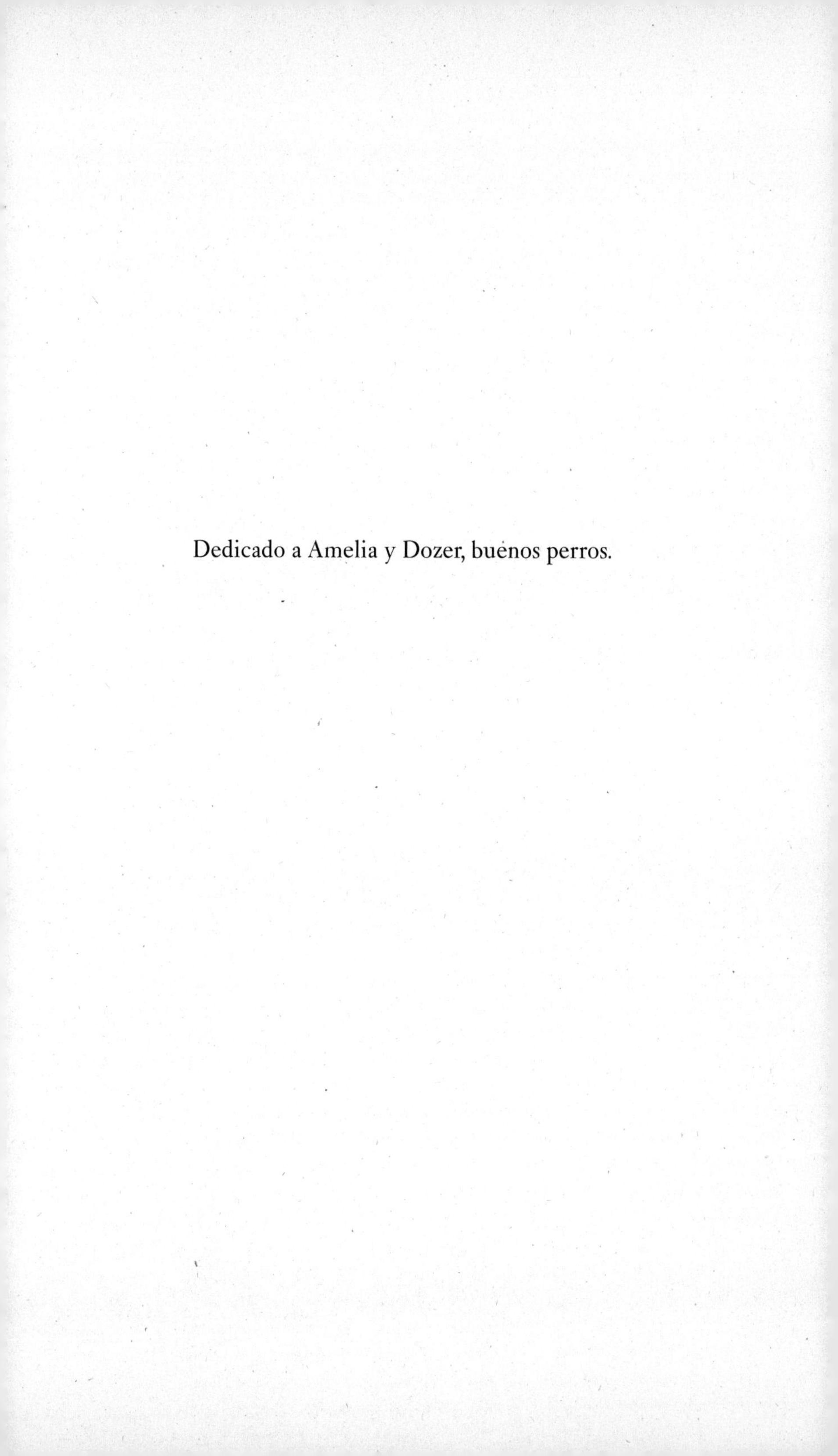

Dedicado a Amelia y Dozer, buenos perros.

Ladito esperaba encontrar una rata.

Olisqueó los pasillos y los compartimentos, y dentro de los elevadores y bajo los calentadores de la galera. Olisqueó los conductos de deshechos y el domo agronómico, con ansias de encontrar el conocido aroma a roedor.

Cazar ratas era uno de los trabajos más importantes en *Laika*, y Ladito era el mejor depredador de la nave.

Lo llamaban Ladito porque una de sus orejas se mantenía erguida como una antena, mientras que la otra caía sobre su ojo. Tenía dientes feroces y un agudo sentido del olfato, a juego con un cuerpo que no pesaba más que una bolsita de croquetas. Su pelaje negro y canela siempre estaba revuelto, incluso recién cepillado.

—Donde haya gente, habrá ratas —solía decir Roro, la ingeniera agrónoma de la nave y entrenadora de perros en jefe, y también la mejor amiga de Ladito—.

En los tiempos de los barcos de madera, las ratas trepaban por los andenes y se escurrían por las cuerdas de anclaje. Se instalaban a la sombra de las bodegas y vivían de las reservas de galletas. Así, siempre que una nave echaba el ancla, así fuese un puerto multitudinario o una isla desierta, las ratas viajaban con ella. De puerto a barco, de barco a puerto, siempre ratas. Ratas y gente. Dicen que una rata se escabulló hasta en el primer viaje a Marte.

Pero Ladito no sólo buscaba ratas. Su puesto oficial en *Laika* era olfatear cualquier clase de problemas. Sabía cómo debía escucharse la nave, qué sonidos eran normales y cuáles podían ser un problema. Sabía cómo debían sentirse las plataformas bajo los colchones de sus patitas. Y también conocía el olor correcto de la nave. Estaba entrenado para detectar los aromas a quemado, la amarga peste de los cables derretidos y los reguladores de transferencia sobrecalentados. Un incendio en una nave espacial podía significar la muerte. Así que pasaba horas de cada día peinando la nave con la nariz completamente concentrada. Su cuerpo era suficientemente pequeño para infiltrarse en esos espacios estrechos que a los humanos les costaba alcanzar, y su nariz era más sensible que muchos de sus sensores electrónicos.

—Oye, Ladito, ¿tendrás un calibrador espectroscópico?

Ladito levantó la nariz de las planchas de cubierta y miró a los ojos del especialista Dimka. Le sacudió la cola y ladró:

—¡Seguro!

Ladito llevaba una mochila con bolsillos que transportaban una variedad de herramientas: llaves, sensores de radiación, calibradores y cualquier otra cosa que la tripulación pudiese necesitar. Le gustaba su mochila porque lo hacía útil y por la confortable sensación de las correas apretadas en torno a su barriga.

Mordió una anilla de plástico que colgaba de una de las correas, para abrir el bolsillo donde guardaba el calibrador espectroscópico. El especialista Dimka se inclinó para tomarlo y le rascó detrás de las orejas. Sus manos olían a limón y refrigerante.

—Buen chico, Ladito. Paso a la perrera después de mi turno para regresártelo.

Ladito movió la cola y siguió su camino.

Los saludos hacían eco en los pasillos mientras Ladito continuaba su patrulla.

—¡Qué hay, Ladito!

—¡Hola, Ladito!

—¿Quién es un buen chico? ¡Ladito es un buen chico!

Llegó al domo agronómico, un poco tarde por los encuentros con más miembros de la tripulación, muchos de los cuales insistían en acariciarlo, rascarle o hasta ofrecerle golosinas.

El domo era más alto que un arce, apuntalado en vigas de metal entretejidas con paneles de plastiacero. Lámparas solares brillaban desde el techo y bañaban el domo en una deliciosa tibieza, como la de arrebujarse entre cobertores. En el suelo, nuevos cultivos brotaban en un campo de hileras ordenadas, algunos en camas de tierra y otros en contenedores hidropónicos de nutrientes químicos. Y afuera todo era estrellas, como moscas brillantes de plata recortadas contra el vacío negro y enorme.

Ladito encontró a Roro de rodillas junto a un montículo de fertilizante, plantando ajos. De todas sus tareas en la nave, su favorita era ayudar a Roro a cuidar los cultivos que alimentarían a la tripulación en cuanto aterrizaran en Escalón.

Corrió hacia Roro, soltó la mochila, y rodó hocico arriba para que le rascaran la barriga. Nadie rascaba la barriga como Roro.

—¿Qué tal estuvo la caza hoy?

Ladito ladró y se sacudió feliz en la tierra.

—Estuvo genial. Olí el módulo de ingeniería, el puente de mando y la red de comunicaciones. No sentí problemas.

—¡Muy bien! —dijo Roro.

Ladito golpeó con la cola. Le gustaban las felicitaciones.

—Aunque no encontré ratas —agregó, y su cola golpeó con menor velocidad—. Pero me rascaron el especialista Dimka y el oficial médico Ortega, y el comandante Lin me dio una galleta.

Cuando Ladito hablaba con humanos, no lo hacía con palabras, sino con ladridos, gestos y poses. Se comunicaba con el ángulo de sus orejas, la inclinación de su cabeza, y con la velocidad y dirección de las sacudidas de su cola. Y la tripulación de *Laika*, desde la comandante hasta el ingeniero asistente más novato, llevaba chips traductores que transformaban la comunicación perruna en idioma humano.

—Suena a un turno ocupado —dijo Roro sonriendo—. Pero no comas de más. Recuerda que entrarás en hibernación en la mañana, y no puedes digerir golosinas en sueño profundo.

—Pero sí vamos a cenar, ¿cierto?

Ladito jamás pasaba hambre en *Laika*, pero aún le preocupaba mucho alimentarse.

—No te preocupes, tendrás tus croquetas. Ahora, ¿me ayudas o no? Pásame una sonda termal, por favor.

—Claro —ladró Ladito, rodando de pie.

A la mañana siguiente, los perros de *Laika* se reunieron en la cámara de hibernación. Llegaron aun antes que Roro, bajo órdenes de Campeona. Campeona era una golden retriever con pelaje como latón pulido y un destello de inteligencia en sus ojos oscuros. Llegando a Escalón, su trabajo sería de búsqueda y rescate. En la nave, servía como la asistente del comandante Lin y líder de la manada.

Avanzó hacia Ladito, alerta y confiada, y le olió el hocico.

—Hueles ansioso. ¿Te preocupa la hibernación?

—Claro que no.

—La verdad, no hay nada que temer. Será como una siesta.

—Una siesta de seis meses —gruñó Bicho. Se trataba de un corgi blanco, negro y pardo, con forma de tronco achaparrado y orejotas de murciélago. Bicho trabajaba en el módulo de ingeniería y trataba de imitar a los ingenieros, que eran un montón de gruñones, quizá porque les tocaba mantener los sistemas vitales de la nave y sabían lo que podía pasar si alguno dejaba de funcionar.

—No va a ser así en absoluto —dijo Campeona, atravesando a Bicho con los ojos—. Iremos a dormir y después despertaremos, y no vamos a sentir que haya pasado el tiempo. No te angusties, Ladito.

—No me angustio —ladró Ladito. Era el perro más pequeño de la manada y el único que no era de raza, y aunque de hecho sí estaba preocupado por la hibernación, tampoco quería hablar del tema.

—Yo estoy aterrorizada —admitió Margarita—. Creo que todos vamos a morir.

Margarita, la gran danesa, seguía siendo cachorra, con una cabeza del tamaño del cuerpo entero de Ladito y piernas como las de una jirafa. Trabajaba en cargamento, ayudando a mover cajas pesadas. En el planeta iba a trabajar como asistente de construcción.

Bicho fue tan tranquilizador como era capaz:

—La hibernación no *siempre* es fatal. *Quizá* no muramos.

—Pero no comeremos durante seis meses —gimió Margarita—. Voy a morir de hambre.

Margarita correteó por la cámara de hibernación. Le gustaba corretear cuando estaba preocupada. También le gustaba corretear cuando estaba contenta. O hambrienta. O satisfecha. O despierta. Los demás perros trataron de encogerse para evitar una colisión.

Ladito se dijo que iba a estar bien. Sí, la hibernación tenía ciertos riesgos, pero también cualquier otro aspecto de los viajes espaciales. Y aunque estuvieran dormidos, la manada estaría unida. Ser manada era más que ser amigos. Más que ser familia. Y Ladito sabía que Roro nunca los pondría a él ni a sus compañeros en peligro. Ella pertenecía a la manada. Pensar eso lo hizo sentirse mejor.

Además, hibernar era parte indispensable de la misión.

El viaje a Escalón era la primera expedición terrícola fuera del sistema solar, un viaje tan largo que la tripulación tendría que hibernar parte del viaje para que alcanzaran los recursos como el agua y la comida.

Durante la hibernación no era necesario comer ni beber, y se usaba menos energía. *Laika* había salido de la tierra meses antes, pasando la Luna, pasando Marte, esquivando el anillo de asteroides entre Marte y Júpiter, dejando atrás los gigantes de gas, más allá incluso de Plutón y de la nube de Oort, donde nacían los cometas, más y más allá hasta que incluso el grandioso Sol se volvió apenas un puntito de luz.

Los perros habían estado despiertos todo ese tiempo, pero hibernarían durante el abismo de espacio exterior entre el sistema solar de la Tierra y el de la estrella HD 24040, a 152 años luz de distancia. Finalmente, aterrizarían en el cuarto planeta de esa estrella, que Operaciones Espaciales había nombrado Escalón. Allí, la tripulación levantaría refugios, cosecharía su comida y exploraría un mundo completamente nuevo. Si tenían éxito, más naves irían tras ellos y la instalación crecería, y a partir de ahí emprenderían nuevas misiones a estrellas aún más distantes. *Laika* sólo era un pequeño paso hacia un gigantesco salto de posibilidades infinitas.

Y claro, los humanos no podían ir solos. Tenían que llevar perros. Porque a donde los humanos fueran, los perros irían también. Como las ratas, sólo que los perros sí ayudaban. Los perros guiarían al ganado. Los perros vigilarían ante lo desconocido. Y lo más importante, los perros acompañarían a los humanos durante el largo viaje espacial, y en su nuevo hogar lejos de la Tierra.

Pero primero había que llegar.

Roro y el oficial médico Ortega entraron en la cámara de hibernación, sonriendo y oliendo tranquilos.

Los perros fueron a olfatear a Ortega, y cuando Roro se sentó en cubierta, se amontonaron sobre ella y la rodearon mientras ella les rascaba las orejas y les palmeaba las barrigas y los mimaba con insuperables caricias. Hasta la solemne Campeona sonreía con deleite.

Pero cuando Roro finalmente se incorporó, Campeona se sentó derecha y le ofreció toda su atención. Ladito y los demás imitaron a su líder.

Ortega ayudó a Roro a meter a los perros en sus cámaras de hibernación. Las cápsulas eran camas de plástico con delgadas cubiertas esponjosas, pero Roro las había equipado con cobertores para que los perros estuvieran tibios y confortables. De uno en uno, palmeó sus cabezas, rascó sus barrigas, acarició sus espaldas y les dijo lo buenos que eran. Les aseguró que no tenían por qué preocuparse.

—Cuando despierten, estaremos mucho más cerca de Escalón —remató—. Y ni siquiera van a sentir que pasó el tiempo. Será como haber dormido toda una noche.

Roro le rascó a Ladito detrás de la oreja inclinada; su lugar preferido.

—¿Voy a soñar? —preguntó él.

—Yo creo que sí —respondió Roro.

—¿Qué voy a soñar?

—Lo que siempre sueñas: que persigues ratas.

Ladito agitó la cola contra el suelo.

—Pero no corras mucho en sueños —añadió ella—, no sea que desconectes un sensor o algo.

Le rascó la oreja de nuevo, le acarició el lomo y cerró la escotilla de su cámara. Ladito escuchó un suave siseo y lo último que vio a través del plástico transparente fue la sonrisa de Roro.

Ladito abrió sus ojos legañosos y estiró las mandíbulas en un amplio bostezo. Su lengua se sentía como pan tostado, y tenía que hacer pipí.

Activada por su movimiento, la escotilla de su cámara se abrió con un soplido.

Esperaba ver a Roro, pero ella no estaba allí. Y tampoco su olor.

Reservando un gruñido de inquietud, saltó a cubierta.

—Repórtense —ordenó Campeona con un ladrido contenido.

Los perros se reunieron y se olieron las colas.

Los perros podían comunicarse con ladridos y gruñidos, con gemidos y otros sonidos, pero nada les daba tanta información como el olor, así que olisquearse era parte del protocolo oficial de la misión. El aroma de sus colas indicaba que todos habían salido de hibernación sanos y salvos. Pero algo no estaba bien.

La cámara permanecía oscura. Una sola luz de emergencia en el techo emitía un tenue brillo naranja.

¿Por qué no había ningún tripulante para asegurarse de que se habían despertado bien? ¿Por qué nadie venía a saludarlos? ¿A acariciarlos? ¿A darles golosinas?

¿Y dónde estaba Roro?

—Deben tener una mayor prioridad —ladró Campeona con certeza. A su señal, los perros se diseminaron para buscar a la tripulación en la nave.

Ladito esperaba encontrar a un humano de inmediato, pero después de revisar el domo agronómico y el nivel de habitaciones, seguía sin encontrar a nadie. Ahí fue cuando empezó a formarse un nudo en su estómago.

Corrió a la estación de la cápsula de emergencia, donde encontró a Campeona, jadeante. Ladito no tuvo que olerla para saber que estaba preocupada. Donde tenía que haber estado la cápsula de emergencia, sólo quedaba un aro de anclaje vacío.

—¿Encontraste a alguien? —preguntó Ladito.

La cola de Campeona se desplomó. La respuesta era *No*.

La cápsula de emergencia no estaba. La tripulación no estaba.

Los Perronautas estaban solos.

Quiero una inspección completa —ordenó Campeona una vez que toda la manada había vuelto a la cámara de hibernación—. Nuestra prioridad es determinar el estado de la nave. ¿Qué funciona? ¿Qué no funciona? Repórtense aquí en una hora. ¡Vamos! —concluyó con un ladrido de autoridad.

Ladito arrancó a trotar hacia el módulo de control de sistemas ambientales. No tardó en darse cuenta de que *Laika* tenía problemas. Algunas de las puertas no cerraban bien, como si los marcos se hubieran deformado. Secciones enteras de la nave estaban oscuras y heladas. En algunos lugares el aire olía a basura podrida. El agua sabía raro.

Las lucecitas parpadeantes en el tablero de control ambiental indicaban que los sistemas que proveían aire limpio a la nave no funcionaban bien. Algunas luces parpadeaban en rojo, indicando sistemas que no operaban en absoluto. Ladito levantó la nariz y aspiró hondo. El aire transmitía una quietud solitaria.

Antes, Ladito era capaz de guiarse a través de la nave por el aroma de docenas de humanos. Los olores manaban de los zapatos de los tripulantes, que pisaban con ellos en todas direcciones. Entonces podía oler rastros de sudor y de jabón, de ajo y café y de cebollas de la galera. Podía oler risas. Podía percibir la nostalgia de volver a casa.

Ahora, la nave olía a rancio, a vacío, a nada. Olía a pérdida.

Se encontraba olfateando bajo la consola de control ambiental cuando sintió una fragancia conocida. Antes de saber lo que estaba pasando, el corazón se agitó en su pecho peludo y su cola empezó a sacudirse tanto que generó una brisa.

Había percibido el aroma de Roro.

Casi podía ver su perfume, como una tenue línea roja flotando en el aire. Crispando la nariz, siguió el rastro por un camino sinuoso, concentrándose tanto que le ocupaba casi todo el cerebro. No perdería ese olor.

Siguió el rastro dando vueltas por el túnel del giroscopio, hasta el armario de trajes espaciales. Veinticuatro trajes de supervivencia colgaban de sus ganchos. No había manos en los guantes, ni caras dentro de los visores de los cascos. Y junto a los veinticuatro trajes vacíos estaba el lugar donde debía estar el traje número veinticinco. Pero no estaba.

Salió del armario y giró a la derecha, llegando al Pasaje Seis. Y ahí, se detuvo.

El Pasaje Seis no tenía nada de especial. Como docenas de otros pasajes a través de la nave, era un corredor en forma de tubo, cubierto de paneles blanquecinos. Sólo un camino que conectaba una parte de la nave con otra. Sin embargo, hizo que la cola de

Ladito se encogiera. Hizo que las orejas se le aplastaran contra la cabeza.

Porque ahí era donde la esencia de Roro era más intensa. Y era ahí también donde el rastro terminaba.

Tras inspeccionar la nave, los cuadrúpedos se reunieron en su perrera para reportar los hallazgos.

La perrera era donde comían y dormían. Cada can tenía su propio tapete. Había máquinas en las paredes que escupían croquetas y derramaban agua, y los perros podían hacer sus necesidades en drenajes que reunían sus desechos, los procesaban y reciclaban en forma de más agua y comida. Había cuerdas para jugar a jalarlas, una pistola que lanzaba pelotas de hule para perseguir, burbujas que podían reventar con el hocico y muchos juguetes para masticar y destruir. Casi nada de eso era material oficial de la misión, pero Roro lo había construido a partir de piezas de repuesto.

Bicho fue el primero en comunicar su reporte, firme en sus piernitas chatas, sus pies como panecillos redondos.

—Estamos en graves problemas —ladró.

Con eso, se sentó para indicar que su reporte estaba completo.

Campeona no parecía estar de acuerdo. No gruñó ni mostró los dientes, pero Ladito podía notar que estaba a punto de hacer ambas cosas. Al parecer Bicho lo notó también, porque se irguió de nuevo.

—¿Más detalles?

—Sí —respondió Campeona, abriendo los labios apenas un poco.

—No tenemos motores. Ni motores de pulso ni de Teseracto. *Laika* está a la deriva en el espacio.

—¿Estamos muertos? —gimió Margarita— ¡Estamos muertos! ¡Muertos, muertos, muertos!

Los demás perros esperaron a que Margarita terminara de corretear presa del pánico.

Cuando se tumbó, jadeante y exhausta, la reunión pudo continuar.

—Los sistemas de la nave operan con energía auxiliar, baterías —continuó Bicho—, pero sin motores, no podremos recargarlas. Todos nuestros sistemas se encuentran al límite: calefacción, oxígeno, reciclaje de comida, gravedad… es como si la nave estuviera muriéndose de hambre, y le pedimos que corra.

—¿Cuánto más durarán las baterías? —preguntó Campeona.

—Yo qué sé. ¿Un par de semanas? ¿Algunos días? Depende de cuánto le exijamos para seguir con vida.

Hubo un siniestro silencio mientras los perros asimilaban el reporte de Bicho. Sin energía, se acabaría el aire, se terminaría la comida y el agua. Y con la nave a la deriva en el vacío helado, morirían de frío.

—Ya revisé los sensores, y al menos sabemos dónde estamos —dijo Campeona.

Se acercó a la pared y levantó la pata para activar una interfaz. Una imagen conocida apareció: un punto brillante con puntos más pequeños girando alrededor. El punto al centro era el Sol; el tercer punto era la Tierra. Casa.

—Empezamos aquí —dijo Campeona, tocando la Tierra con la nariz y dejando una marca húmeda en la pared—. Ahora estamos aquí —tocó la interfaz de nuevo, y otro sistema de puntos apareció. Era la estrella HD 24040, con sus planetas alrededor. Un pequeño rectángulo parpadeaba al borde del sistema: *Laika*—. Todavía tenemos que avanzar de aquí hasta aquí —el último toque de su pata encendió el cuarto puntito de la estrella. Escalón, su destino.

Campeona miró a los demás perros uno por uno. Todos golpearon con sus colas para indicar que habían escuchado y que entendían lo que su líder estaba diciendo.

Seguían a 7,500 millones de kilómetros de Escalón. Era una distancia enorme, pero *Laika* ya había terminado su viaje de más de 150 años luz desde la

Tierra. Considerando que un año luz es la distancia que un rayo de luz viaja en un año, y que la luz se mueve a 300,000 kilómetros por segundo… A Ladito lo mareó el cálculo. Pero la parte importante era que el motor de Teseracto había logrado doblar el espacio y traer la nave desde el borde del sistema solar terrestre hasta el de Escalón. Para explicarlo, Roro les había mostrado la imagen de uno de sus libros favoritos. En ella, una hormiga caminaba por un hilo tenso. Era mucho para la hormiga. Pero si se juntaban los dos extremos del hilo, el viaje resultaba mucho más corto. El motor de Teseracto acortaba las distancias de esa misma forma. Pero no era seguro usarlo dentro de un sistema planetario, pues los efectos de la gravedad podían ser mortales. Para viajar *dentro* de un sistema planetario, *Laika* usaba sus motores de pulso.

—Con motores de pulso, podríamos terminar el viaje en cuarenta y seis días —dijo Campeona—. Bicho, quiero que apagues todos los sistemas no vitales para ahorrar energía. Mientras estemos a la deriva, no gastaremos energía que no tenemos de sobra. Y haz lo que sea necesario para reiniciar los motores de pulso.

—Afirmativo —ladró Bicho.

—Después —continuó Campeona—, nos concentraremos en enviar una señal de auxilio de vuelta a la Tierra —todos se sentaron un poco más erguidos. Estos perros estaban entrenados para resolver problemas—. El reto al que nos enfrentamos es que la antena de transmisión está apuntando en la dirección equivocada. Así que necesitamos dirigirla hacia la Tierra. Por desgracia, los controles de rotación no funcionan.

—Hay más cosas averiadas que funcionando —gruñó Bicho.

Campeona lo observó fijamente. No le divertía ese asomo de queja.

Bicho se recostó de espaldas para mostrar su barriga. Campeona le dio una mordida suave y dejó que Bicho se levantara otra vez. En un tono más positivo, Bicho agregó:

—Podríamos girar la antena manualmente, fuera de la nave.

La cola de Ladito se retorció de nervios. No le gustaba hacia dónde se dirigía la reunión. El exterior de la nave no era un lugar seguro. Todo el punto de que la nave existiera era para que lo de adentro se quedara adentro y lo de afuera, afuera. Dentro de la nave había calor y aire. Afuera, sólo había frío helado y vacío.

—Yo puedo ir al exterior —se ofreció Margarita, golpeando la cubierta con sus patas—, yo sería muy buena en el exterior.

—No tenemos traje espacial para un gran danés —le recordó Bicho, esforzándose por rascarse la oreja con una pata trasera que era demasiado pequeña para alcanzarla—. No tenemos traje espacial para ninguno de nosotros… pero no los necesitamos para salir de la nave. Podemos usar un fido.

Los "fido" se llamaban así por las iniciales FIDOR, Furgón Inteligente De Operación Remota. Luego le habían quitado la R porque 'Fido' era mucho mejor nombre que FIDOR.

—El problema —dijo Campeona— es que revisé los fido en mi inspección. Los transmisores de control remoto no funcionan.

Bicho suspiró.

Margarita trató de lamerse el ojo.

Pero Ladito tenía una idea. No necesariamente era una buena. De hecho, era una idea peligrosa y horrible. Pero la manada no podía seguir a la deriva en una nave averiada. Necesitaban ayuda, y contactar a la Tierra era su mejor opción para conseguirla.

—Creo que sé cómo usar un fido sin control remoto —dijo. Trató de sonar alegre, agitando la cola, pero Campeona olió más allá.

—Tienes miedo —dijo ella.

Bicho y Margarita lo notaron también.

—Vengan —continuó Ladito—. Les contaré mi idea en la esclusa.

Cuando oyeron "esclusa", los otros perros empezaron a liberar un hedor asustadizo tan intenso como el de Ladito.

Cuando estuvo en la Tierra, Ladito había entrenado todos los días para ingresar al programa de Perronautas.

Sólo cuatro perros serían seleccionados para la misión a Escalón, y él deseaba tanto ser uno de los elegidos que a veces su cerebro entraba en cortocircuito y echaba a correr por el campo de entrenamiento, como si sus ganas de ir al espacio fueran una rata y él lo suficientemente rápido para alcanzarla.

Pero gran parte del entrenamiento consistía en aprender a conservar la calma. A concentrarse en nuevas tareas. Aprendió trucos diversos, órdenes importantes, palabras para él inéditas. Ladito y otros perros se sentaban ante tableros de control con docenas de botones diferentes. Escuchaban las órdenes de un entrenador, quien les pedía presionar "el botón con tres círculos". Los que respondían correctamente recibían una golosina como estímulo. Los que contestaban equivocadamente eran enviados de vuelta al mundo, dados en adopción a hogares amorosos donde vivirían felices, retozarían en camas cómodas y disfrutarían de largos paseos y mucha atención. Pero no irían al espacio.

Sólo los mejor entrenados podrían convertirse en Perronautas.

Para cuando aprendió sobre esclusas y el vacío del espacio, sólo quedaban doce perros en el grupo de entrenamiento: de ellos fueron elegidos Ladito, Campeona, Bicho y Margarita.

—Imaginen que esto es uno de ustedes —había dicho el entrenador, sosteniendo una gorda salchicha de cerdo.

Ladito había empezado a salivar al verla, y no había sido el único. Margarita se había retorcido de ansiedad, y de su hocico habían brotado burbujas de baba. Sólo Campeona había permanecido inmóvil, atenta más al entrenador que a la salchicha.

Ladito había intentado imitar a Campeona, porque era la mejor del grupo. Pero la salchicha olía tan bien…

—Igual que ustedes, esta salchicha tiene piel, y por dentro está llena de carne —había dicho el entrenador—. La razón por la que el relleno se queda dentro de la piel es porque hay la misma presión dentro de la salchicha que fuera de la salchicha. A esto le llamamos presión uniforme. Justo ahora, en la Tierra, en esta habitación, todos estamos bajo presión uniforme.

El entrenador había hecho una pausa y observado a la manada, para ver si los perros estaban entendiendo la lección. Ladito había ojeado a Campeona y trataba de copiar su gesto, porque para él Campeona lo entendía todo.

El entrenador había llevado la salchicha a una mesa, en la que había una caja de metal con puerta de cristal, como un pequeño horno.

—Este dispositivo es una cámara de descompresión. Pero pensemos que es *Laika.*

Había colocado la salchicha dentro de la caja.

—Habrá aire a bordo de *Laika,* y los sistemas ambientales mantendrán la presión a niveles similares a los de la Tierra. La presión dentro de ustedes será la misma que afuera. Presión uniforme.

Campeona se había quedado sentada, con la mirada fija en el entrenador y la cabeza ligeramente inclinada. Ladito había inclinado también ligeramente su cabeza.

—Ahora, pensemos que nuestra cámara de descompresión es la esclusa. La esclusa es la única parte de *Laika* que abre hacia afuera. Voy a simular que abro la esclusa y dejo salir todo el aire al espacio. Afuera de *Laika,* en espacio abierto, no hay aire. Sin aire, seguirá habiendo presión dentro de la salchicha, pero no fuera de la salchicha. Vean.

Había encendido un interruptor, y los perros miraron atentos mientras un siseo llenaba la habitación. Muy pronto, la salchicha había empezado a cambiar. Su cáscara burbujeaba, como si estuviera hirviendo, y había empezado a hincharse. En segundos, la cáscara cedió y la masa grasosa empezó a derramarse.

El entrenador había abierto la cámara de descompresión, sacado la salchicha y sostenido en alto para que los canes pudieran verla.

—Esto son ustedes, expuestos al vacío espacial. Esto son ustedes si *Laika* resulta dañada y pierde su atmósfera artificial. Esto son ustedes si salen de *Laika* sin traje espacial. Y esto son ustedes si se paran en la esclusa mientras la puerta está abierta.

El relleno de carne seguía saliéndose.

—Así que, ¿quién se mantendrá lejos de la esclusa?

Los doce perros habían levantado sus patas. Ninguno quería quedar como salchicha reventada.

—Buenos perros —había dicho el entrenador.

En recompensa por aprender la lección, a todos les había tocado un trozo de salchicha.

Los perros se reunieron en la esclusa principal de *Laika.*

El fido estaba allí, sostenido por cuatro prensas. Parecía una cruza entre un refrigerador pequeño y un pulpo robot, lleno de desarmadores, llaves, sopletes, linternas, pinzas y prensas en sus brazos mecánicos. Todo lo necesario para hacer reparaciones fuera de la nave.

Campeona andaba en círculos en torno al fido, inspeccionándolo con sus agudos ojos y nariz.

—El fido no es un traje espacial —dijo, como desaprobando a quien lo hubiera diseñado—, no se supone que sea tripulado.

Bicho defendió al diseñador desconocido.

—Pero puede hacer el trabajo. El compartimento de herramientas está presurizado para proteger los componentes delicados. Y podemos instalarle un reciclador de aire de uno de los trajes espaciales. Puede funcionar.

Bicho solía ver el peor lado de las cosas, pero Ladito podía notar que estaba esforzándose en mantener una actitud positiva. Campeona no esperaba menos y, sin humanos, ella estaba a cargo no sólo de la manada sino de toda la nave. Ladito miró el compartimento en la espalda del fido. Era un espacio para guardar repuestos y herramienta —cosas que el fido pudiera necesitar para hacer reparaciones. De todos los perros, Ladito era el único que cabía ahí dentro.

Eso quería decir que sólo él podría enviar una señal de auxilio a la Tierra.

Esperaba no terminar como aquella salchicha en la plática informativa.

Comenzaron los preparativos para adaptar el fido a la actividad canina extravehicular.

Margarita ayudaba a Bicho, y Campeona los vigilaba, así que a Ladito no le quedaba más de que preocuparse. Se dedicó a sus tareas habituales: revisar los cultivos en capullo en el domo agronómico y patrullar la nave en busca de ratas. Finalmente llegó a la habitación de Roro.

Ningún tripulante contaba con mucho espacio personal, y Roro no era la excepción. Su catre era estrecho, con un cobertor que había traído de casa, porque las cosas que les recordaban el hogar a la tripulación ayudaban a sobrellevar mejor el largo viaje.

Nada notable había en el cobertor de Roro, excepto que olía a ella. Su almohada tenía un surco permanente con la forma de Ladito, porque cuando éste no podía dormir, se acurrucaba e inhalaba los aromas de Roro, y la escuchaba roncar.

Se trepó al catre y hundió la cabeza en la tela. Olía a tierra de granja y champú, pero de forma muy sutil. No podía tolerar la idea de que su olor desapareciera. Era peor que no oír su voz o ver su rostro. Aún peor que no sentir su mano acariciándole el lomo.

Saltó del catre y presionó la nariz contra un panel en el muro. Con un leve zumbido, un cajón se abrió. Ladito metió la nariz, y tocó una tela suave. Olía a los pies de Roro. Un calcetín.

Lo mordió para sacarlo de donde estaba.

Con el calcetín en el hocico, subió las patas a la ventana del catre y miró hacia el espacio. Estrellas distantes brillaron como alfileres en un mapa de terciopelo negro. Las distancias entre cada estrella eran impensables, y había billones de kilómetros entre *Laika* y la Tierra, y miles de millones de kilómetros entre *Laika* y Escalón. Y en alguno de esos sitios estaba Roro. Roro y el resto de la tripulación, en la cápsula de emergencia.

Ladito no sabía cómo o cuándo, pero los perros y la tripulación se reunirían algún día, de algún modo. Y el primer paso para lograrlo era contactar a la Tierra.

Ésa era su misión, y no iba a fallar.

* * *

Metieron a Ladito en el fido como a una hogaza de pan en una cáscara de plátano; encima, debía compartir el espacio con un radio y un reciclador de oxígeno. También llevaba el calcetín de Roro. Cuando Campeona había visto a Ladito con el calcetín en el hocico, inclinó la cabeza para cuestionarlo, pero cuando lo olió y supo a quién pertenecía, guardó silencio.

—Revisión de sistemas —ladró Campeona por el radio.

Campeona y los otros perros permanecieron en el túnel, mirando hacia la esclusa a través de una ventana. A Ladito no le gustaba estar tan lejos de la manada. Ya extrañaba sus olores.

—¿Respiras bien? —ladró Campeona. Ladito tomó aire.

—Afirmativo.

Afirmativo quería decir "sí". Podía haber dicho simplemente "sí", pero Roro decía "afirmativo" en vez de "sí" cuando hacía algo importante.

—¿Puedes ver bien?

Ladito se asomó por el escudo blindado, transparente, del compartimento de herramientas. Pudo ver a la manada a través de la ventana del túnel.

Empezó a jadear un poco.

—Afirmativo.

—¿Funcionan los brazos de reparación? ¿Están cargados los cohetes de maniobra? ¿Está girando la brújula de navegación?

Campeona y Ladito revisaron todos los sistemas del fido. Todo era afirmativo.

Todo menos Ladito. No estaba seguro de qué tan *afirmativo* se sentía.

—Revisión de sistemas del fido, lista —anunció Campeona. Hizo una pausa—. Sabes lo importante que es tu misión, Ladito. Si no logras orientar la antena de comunicación hacia la Tierra para transmitir nuestro mensaje de auxilio, Operaciones Espaciales no se enterará de que necesitamos una misión de rescate. No sabrán que estamos solos en *Laika*.

Ladito tragó saliva.

—Afirmativo.

El ladrido casi se le atoró en la garganta.

—Abriendo la esclusa en T menos diez —dijo Campeona.

"T menos diez" era la forma espacial de decir que algo iba a pasar en diez segundos. Y lo que pasó fue lo siguiente.

Las puertas de la esclusa se abrieron.

Las prensas que sostenían al fido lo soltaron con un alarmante chasquido. Todo el aire dentro de la esclusa salió en un chorro de viento, y el fido se lanzó al espacio con tal violencia que Ladito no pudo ni ladrar por la sorpresa. El fido hizo piruetas como un arbusto rodante en un huracán, vuelta tras vuelta. A Ladito le subió la sangre a la cabeza, y todo lo que veía se volvió un túnel oscuro.

—No te desmayes —se dijo—. No podrás completar la misión si te desmayas. Un buen perro no se desmaya.

—Contrólate —ordenó Campeona por la radio—. Estás girando hacia delante y a la derecha.

El fido se movía gracias a una serie de cohetes que rociaban propulsor líquido. Normalmente se controlaban a distancia, pero Bicho había quitado un tablero de modo que Ladito pudiera alcanzar los controles de los cohetes y las herramientas desde el interior del vehículo. Ladito estiró el hocico y empujó dos de las palancas de los cohetes. Nubes de gas plateado se rociaron al espacio, y el fido dejó de girar.

El vehículo se había detenido dándole la espalda a *Laika,* y Ladito sólo podía ver el espacio: un infinito más negro que la noche más oscura. Las estrellas encendidas estaban tan lejos que apenas eran marcas de luz, más pequeñas que el punto al final de una frase.

Ladito sólo había visto el espacio por las ventanas de *Laika.* Y aun con los sistemas averiados, *Laika* era su hogar. Quizá ya no era muy seguro, pero sí lo era más que esto. Siempre había pensado que el espacio estaba lleno de planetas y estrellas y galaxias, pero ahora, amontonado en una latita, el espacio parecía ser más la ausencia de cosas. El espacio estaba tan, tan vacío, como el hoyo más profundo que pudiera imaginarse. Y Ladito estaba moviéndose hacia allí.

Empujó las palancas de los cohetes, y el fido dio media vuelta.

—Estoy viendo *Laika* —reportó.

La nave era más larga que dos campos de futbol, con una sección en forma de cuchara al frente, donde se localizaba el módulo del puente de mando.

Empujando de nuevo las palancas de los cohetes, Ladito empezó su recorrido a lo largo de Laika, flotando más allá del domo transparente del módulo agronómico. Pudo notar la pelusa verde de los capullos de apio y brócoli. Junto al domo estaban la esclusa secundaria y el fido de repuesto.

Después pasó por el área de la nave que contenía las habitaciones de la tripulación, la perrera y la enfermería. Y luego, el puerto de la cápsula de emergencia. Ladito sabía que la cápsula no iba a estar ahí, pero nunca esperó ver cuánto se le parecía al agujero de un diente que ha caído. Ése era el último lugar en el que la tripulación humana había estado antes de abandonar la nave.

Ladito pateó con un gemido y continuó el viaje.

—Ladito, reporte —dijo Campeona. Sus ladridos sonaban serenos, sin emoción, profesionales, sin sus olores y su cola y sus orejas y sus ojos para comunicar a Ladito lo que pensaba y sentía más allá de sus sonidos. Era como hablar con medio perro.

—Estoy flotando hacia el módulo de ingeniería —ladró Ladito—. Todos los sistemas están normales. Voy… un momento.

Ladito activó uno de los cohetes para detener al fido.

La sección de la nave frente a él tenía que haber sido una pieza curva y lisa de metal gris. Pero ahí la cubierta de *Laika* estaba ennegrecida y arrugada. Una sección estaba cubierta con un material tosco e irregular, como una costra seca de macarrones.

Acercó al fido.

—Reporte —exigió Campeona.

—Veo espuma de emergencia afuera del Pasaje Seis —dijo Ladito. El Pasaje Seis, donde, dentro de la nave, quedaba una brizna del rastro de Roro.

La espuma de emergencia se usaba para reparar mangueras perforadas, tubería cuarteada o cualquiera de las cien cositas que podían fallar en un viaje interestelar. Ladito nunca había visto tanta espuma concentrada en un mismo lugar.

—Cubre mucho daño. Creo que ya sé qué le pasó a la nave. Algo perforó el casco. Debemos haber golpeado con algo.

Era la peor emergencia posible. Un casco perforado significaba el desastre máximo. Era como ser atropellado por un tranvía y romperte las cuatro patas. Era como cuando el *Titanic* golpeó un iceberg y se hundió. Pero peor. Más violento. Con un casco perforado, todo y todos podían ser expulsados de la nave. Un casco perforado podía eliminar a toda la tripulación. Podía destruir la nave entera.

Esa perforación debía haber sido la causa por lo que la tripulación abandonó la nave.

—Afirmativo —dijo Campeona—. Procede con la misión.

Ladito llevó al fido hasta llegar a la antena de comunicaciones en la popa de la nave. El plato de la antena se veía inmenso sobre su cabeza, más alto que un edificio de tres plantas. Ladito se acercó a su base, donde un engrane gigante debía girar la antena para apuntarla hacia la Tierra. Con un par de rociadas de cohete, detuvo al Fido sobre un puerto de acceso.

Hasta ahí, todo bien.

Pero empezaba a hacer calor dentro del vehículo. Su propio cuerpo generaba calor, y como el fido estaba sellado, el calor no salía a ninguna parte. Empezó a jadear, y el escudo de plástico transparente se empañó, haciendo difícil ver hacia afuera.

—Tranquilo, cachorro —se dijo, tratando de imaginar la voz de Roro. Eso ayudó un poco.

Extendió el cuello y frotó el escudo con la nariz, arreglándoselas para retirar algo del paño, pero reemplazándolo con una mancha de humedad de nariz, que era casi igual de molesta.

En la base de la antena divisó el puerto de comunicaciones, un enchufe del tamaño de su pata. Esta siguiente parte de la misión era más delicada que sólo manejar el fido.

Extendió el brazo del vehículo hasta que hizo contacto con el enchufe. La gran antena empezó a girar.

El crujido de los motores mecánicos y los gigantescos engranes en movimiento sería ruidoso dentro de la nave, pero las ondas de sonido no viajan a través del espacio sin aire. Fuera de su propio aliento vaporoso, Ladito sólo escuchaba silencio.

Justo ahora, Margarita seguramente estaba ladrando, y Campeona le estaba pidiendo que se callara. Ladito sabía que Campeona habría deseado entrar en el fido y emprender ella misma la misión, porque en algo tan importante sólo confiaba en ella misma. Ladito también deseaba que allí estuviera ella en lugar de él. Anhelaba estar de vuelta en *Laika* con su manada. Pero su misión apenas estaba a medias. Faltaba lo más importante.

—Campeona, estoy conectado a la antena.

—¿Recuerdas el mensaje?

Claro que Ladito recordaba el mensaje. Campeona lo había obligado a practicarlo una y otra vez hasta que le dolió la garganta y sus ladridos salían con una tos rasposa.

—Afirmativo —ladró.

—¿Seguro? Suenas sofocado.

Eso era porque *estaba* sofocado. La humedad cubría su ventana, la cabina parecía un sauna, y respiraba como si acabara de correr un maratón.

—Afirmativo que recuerdo el mensaje —ladró con insistencia.

Se produjo un largo silencio. A Campeona no le gustaba que le gritaran. Si Ladito hubiera estado en la nave, seguramente le habría dedicado una mirada dominante de ésas que lo habrían hecho meter la cola entre las patas.

—Luz verde para transmitir —ladró Campeona finalmente.

Ladito tomo aire.

Se relamió los labios.

Ladró. *Arf-arf-arf. Guau-guau-guau. Arf-arf-arf.*

El código morse era una forma muy antigua de comunicación. La gente lo usaba aun antes de descubrir cómo enviar sonidos a larga distancia. Antes de la radio. Antes del teléfono. El código usaba una serie de golpes que formaban las letras del abecedario. Los golpes cortos se llamaban puntos, y los golpes largos se llamaban rayas. Con puntos y rayas podía deletrearse un mensaje.

El mensaje más común era SOS. "Punto-punto-punto. Raya-raya-raya. Punto-punto-punto." Una petición de auxilio. Los puntos de Ladito se indicaban con ladridos cortos y agudos: arf. Y las rayas eran aullidos más largos: guau.

Continuó:

—*Arf-guau-arf-arf. Arf-guau. Arf-arf. Guau-arf-guau. Arf-guau. / Arf-guau. Arf-arf-arf-guau. Arf. Arf-guau-arf. Arf-arf. Arf-guau. Arf-guau-arf.*

Todo eso hizo falta para decir *"Laika averiar"*.

Su garganta se sentía como papel de lija, pero continuó.

—*Arf-arf-arf. Arf-arf. Guau-arf. / Guau-arf-guau-arf. Arf-guau. Arf-guau-guau-arf. Arf-arf-arf. Arf-arf-guau. Arf-guau-arf-arf. Arf-guau.*

"Arf-arf-arf. Arf-arf. Guau-arf. / Guau. Arf-guau-arf. Arf-arf. Arf-guau-guau-arf. Arf-arf-guau. Arf-guau-arf-arf. Arf-guau. Guau-arf-guau-arf. Arf-arf. Guau-guau-guau. Guau-arf.

"Arf-arf-arf-arf. Arf-guau. Guau-arf-arf-arf. Arf-guau-arf-arf. Arf-guau. Guau-arf. / Arf-guau-guau-arf. Arf. Arf-guau-arf. Arf-guau-arf. Guau-guau-guau. Arf-arf-arf.

"Arf. Arf-arf-arf. Guau. Arf-guau. Arf-guau-arf. / "Arf-arf-arf. Guau-guau-guau. Arf-guau-arf-arf. Guau-guau-guau. Arf-arf-arf.

Eso fue todo. Ladito había enviado todas sus esperanzas en esa serie de ladridos.

SOS.

Laika averiar.

Sin cápsula.

Sin tripulación.

Hablan perros.

Estar solos.

Enviado el mensaje, se desprendió del puente de comunicaciones e inició el viaje de vuelta hacia la esclusa.

Roro habría estado orgullosa de él. Si hubiera seguido en la nave, lo hubiera recibido con abrazos y caricias. Le hubiera dado galletas, le hubiera dicho que era un buen perro.

En Tierra, los técnicos y entrenadores habían apodado a la manada los Perronautas, y ser llamado un Perronauta era el mayor elogio que un can había recibido jamás. Los Perronautas no eran sólo inteligentes, meramente obedientes ni solamente valientes. Los Perronautas eran perros que completaban sus misiones.

—Soy un buen perro —pensó Ladito—. Soy un auténtico Perronauta.

5

Mientras guiaba al fido de vuelta a la esclusa, Ladito se permitió un mordisco de esperanza. La señal de sos viajaría en una onda de espacio plegado, más rápido que la luz misma. Operaciones Espaciales escucharía el mensaje, y les dirían a los perros qué hacer.

Pero el mensaje tardaría días en llegar a la Tierra, y más días pasarían antes de recibir su respuesta. Y eso asumiendo que la señal llegase a la Tierra. Podía ser interrumpida por algún estallido de radiación, o bloqueada por algún fenómeno denso no registrado en el espacio. Un millón de cosas podían salir mal. Era como pegar un cartel de "perro extraviado" en un poste y esperar que lo viera la persona indicada.

Ladito sabía lo que se siente estar perdido. Recordaba cuando era sólo un cachorro y vivía con una familia en una casa en la cumbre de una colina. Había un niño que olía a leche con chocolate, y sus padres. Ladito recordaba haber aprendido a traer cosas, y a rascar la puerta cuando quería salir a orinar. Recordaba estar lleno de energía y querer jugar todo el tiempo, como Margarita.

Habían sido buenos tiempos.

Una tarde, antes de que el niño regresara de la escuela, el papá sacó a pasear a Ladito. El hombre no solía hacer eso. Lo hacía el niño, o su mamá. Pero esta vez, había sido el señor.

Fueron a un parque, y Ladito había ido a correr sobre la hierba. Le gustaba la hierba porque las hojas le daban cosquillas en la barriga y había tantos olores y a veces bichos para cazar. Pero el hombre no había ido a jugar. Llevó a Ladito a un árbol, ató su correa allí, y se alejó.

Ladito esperó. Nunca dudó que el hombre regresaría. O mejor aún, el niño o su mamá vendrían por él.

Pasaron los minutos. Y después las horas. Nadie vino por él.

Ladito ladró.

Gimió.

Aullaba y jadeaba y cavaba en la tierra pero nadie venía. La correa era como la gravedad, lo mantenía preso a una condición sin importar cuánto se esforzara.

A pesar del miedo, Ladito sabía qué hacer. Mordisqueó la correa, la hizo jirones con sus dientecillos afilados hasta que no quedaron más que tiras babeadas.

Mordió un poco más, y quedó libre.

Después permaneció sentado junto al árbol hasta que oscureció. No conocía el camino a casa. Si se alejaba de aquel árbol, sabía que se perdería en las calles de la ciudad y moriría de hambre o sería atropellado por un tranvía. El agua goteó en el suelo junto a sus pies. La lluvia no tardó en convertirse en aguacero, con gotas que caían como proyectiles fríos contra el suelo. El agua chorreaba de las hojas de los árboles y empapaba su pelaje. Temblaba y gemía en el lodo. Pero se quedó en su sitio. El hombre volvería. O la madre del niño. Sí, el niño vendría, seguro. El niño lo amaba. El niño le ofrecía comida debajo de la mesa, aunque el hombre lo regañaba por hacerlo. El niño limpiaba la suciedad que Ladito solía dejar en la alfombra, cuando no había sabido aguantarse. El niño no lo abandonaría.

Pero todo seguía húmedo y oscuro, y nadie venía.

Ladito estaba demasiado cansado para gemir. Cuando no pudo hacer más, miró la luz redonda en el cielo. Las nubes se separaron y la luz brilló platinada, su borde más definido que las marcas que dejaban los dientes de Ladito. Después, Ladito aprendería que esa luz era la Luna. La Luna orbitaba la Tierra como un amigo leal, y era imposible pensar en una sin la otra. La Luna pertenecía a la Tierra, y la Tierra pertenecía a la Luna, y llevaban juntas miles de millones de años.

Ladito miró cómo la luz hacía su lento recorrido a través del cielo, y para cuando la perdió en el horizonte el cielo se había aclarado de negro a gris, y de gris a azul.

Lamió agua de un charco y su estómago vacío gruñó. Las personas comenzaron a llegar al parque, caminaban, trotaban y pedaleaban en bicicleta. Algunas hasta llevaban perros consigo. Ladito no se atrevía a acercarse, pero ladraba y sacudía el trasero y agitaba la cola para llamar su atención. A veces también gemía y aullaba. Estaba pidiendo ayuda. Algunas personas lo ignoraban, ni siquiera giraban la cabeza. Otras lo miraban. Algunas sonreían. Algunas saludaban. Ninguna le ofrecía comida. Ninguna le ayudaba a encontrar al niño que olía a leche con chocolate. Ninguna se detenía.

No hasta que una mujer pasó trotando junto al árbol de Ladito. Él le gimió y se sacudió. Ella inclinó la cabeza con curiosidad. Ladito le inclinó la cabeza en respuesta.

Ella miró alrededor, como buscando a los humanos de Ladito. No estaban, claro. Para entonces, Ladito ya había entendido que no vendrían por él.

Lentamente, la mujer se acercó.

Se inclinó y le ofreció el dorso de su mano. Ladito lo olisqueó. Su piel era un poco más oscura que el pelaje marrón en la cabeza de Ladito, y su olor era a café y sudor. La mujer dejó que Ladito lamiera sus dedos salados.

—¿Te perdiste, amiguito? —dijo y le acarició el pelaje mojado con gentileza—. Uy, estás frío.

La mujer sacó una toallita blanca de su cinturón y sacudió a Ladito con ella. La toalla olía a ella.

—Sin placa, ¿eh?

Mientras lo secaba, Ladito sintió que la mujer tomaba una decisión, y Ladito le rezó a la luz nocturna, aunque la luz ya se había ido.

—¿Te parece si vienes conmigo? —dijo ella.

A Ladito le parecía bien.

Ella lo recogió en brazos con cuidado y lo abrazó con fuerza.

—Me llamo Roro —le dijo—. Y creo que acabo de encontrar un nuevo amigo.

Los días pasaron y las noticias de la Tierra no llegaban. En una semana más, la Tierra y *Laika* ya no estarían alineadas, y la ventana de comunicación se cerraría. Si la manada no recibía un mensaje para entonces… Bien, mejor no pensar en eso. La Tierra iba a comunicarse. Ladito estaba seguro de eso. O quería estarlo.

Para ahorrar energía, los perros redujeron la calefacción y atenuaron las luces en las áreas de la nave que menos visitaban. Después, hicieron todo más frío y oscuro, incluso las áreas que frecuentaban. Juntaron sus camas y se amontonaron en la perrera para dormir calientitos.

Lo más difícil fue enfrentarse al reciclador de comida averiado. Tenían reservas de Porciones Universales de Alimento, pero no sabían cuánto iban a durar. Así que, por órdenes de Campeona, se limitaron a una ración diaria.

No era buena comida. Las porciones eran para digestión humana y resultaban inadecuadas para las tripas de un perro. Roro decía que las habían nombrado por el ruido que hacían las personas cuando se comían una: "*¡Puaj!*" Pero una sola PUA aportaba los nutrientes necesarios para todo un día, y comerlas era mejor que pasar hambre.

Cuando los perros dormían, el ruido de sus estómagos vacíos hacía eco en la perrera. Margarita, por mucho la más grande entre ellos —y aún seguía creciendo—, era la que más sufría por el hambre, y a veces Ladito le compartía de su ración. Sabía que Bicho y Campeona hacían lo mismo.

Cuando no ayudaba a Bicho a examinar los motores de pulso, Ladito se ocupaba patrullando la nave, olfateando cables quemados o el siseo de un escape de oxígeno. Y claro, exterminaba ratas. Era buen ejercicio físico. Y era importante continuar con su trabajo. Era importante continuar siendo un Perronauta. Mientras tanto, Bicho seguía intentando reactivar los motores de *Laika*. Él conocía mejor los sistemas y dedujo que cuando el meteoro había golpeado la nave, no sólo había perforado el casco. Probablemente había derribado vigas de soporte, cortado cableado y sacudido conexiones fuera de su lugar. Cada uno de estos pequeños daños había causado que otros sistemas fallaran, como un guijarro que rodeaba montaña abajo y golpeaba otros guijarros hasta causar una gran reacción en cadena, una avalancha. Bicho pasaba largas horas en el módulo de ingeniería, y Ladito sabía que debía sentirse solo allí, así que se aseguraba de patrullar la zona a menudo.

—Hola, Bicho —dijo, con la nariz bordeando el perímetro de la cámara del motor.

Bicho estaba sentado, mirando la consola de controles.

—Ladito. Llegas justo a tiempo para echarme una mano. O pata. De hecho, necesito el lomo.

—Afirmativo.

Al ser un corgi, Bicho había sido criado para pastorear ganado. Los perros pastores eran buenos para organizar sistemas como un grupo de vacas gigantes. Eran buenos para decidir qué hacer cuando las cosas salían mal, como cuando a una vaca la asustaba un abejorro y provocaba una estampida. Estas cualidades hacían que Bicho fuera un buen ingeniero. Pero al ser tan corto y achaparrado, le costaba trabajo subirse a las consolas de control. Perros más pequeños, como Bicho o Ladito, eran candidatos raros para el viaje espacial, así que tenían que esforzarse un poco más y ser un poco más perseverantes que los otros. Habían aprendido pronto que se necesitaban el uno al otro para lograr cosas que podían hacer los otros perros, y su sociedad los había ayudado a llegar hasta *Laika*.

Ladito se acomodó al pie de la consola de control y endureció las patas mientras Bicho subía a su espalda. Aun con la ayuda de Ladito, Bicho apenas alcanzaba la consola, y ambos gruñeron un poco mientras Bicho terminaba de escalar.

—Oh-oh —ladró.

—¿Qué pasa?

—Creo… creo que hay un problema con el núcleo de singularidad.

El núcleo de singularidad era un componente crucial del motor de Teseracto, y aunque ninguno de los perros lo había dicho en voz alta, sabían que la Tierra podía ordenarles abortar la misión y volver a casa en vez de continuar hasta Escalón. Ninguno quería que la misión terminara así. Además, ya estaban dentro de un sistema planetario, activar el motor era extremadamente peligroso.

Bicho gruñó con preocupación.

—El núcleo contiene un hoyo negro en miniatura, así que si entra en estado crítico, la nave entera podría plegarse sobre sí misma y reducirnos a un tamaño menor que un grano de arena.

—¿Cómo se arregla?

Bicho tomó un momento para responder, y el olor de su inquietud aumentó.

—Es un mecanismo complejo. Si se avería, no se arregla. Sólo se reemplaza.

—Debe haber un plan. Tenemos un plan para todo.

Se suponía que todos los problemas deberían tener solución. Eso habían aprendido los Perronautas en su entrenamiento. Los Perronautas eran perros que resolvían problemas.

Las orejas de Bicho se agitaron.

—Si algo le pasa al núcleo, sólo hay un reemplazo.

—¡Eso es genial! —dijo Ladito agitando la cola—. ¿Dónde está?

—En la cápsula de emergencia.

La cola de Ladito se desplomó.

—Oh.

Bicho suspiró.

—Hay que decirle a Campeona.

—Iba a buscar ratas en el puente de mando. Yo le digo, si quieres.

Las orejas de Bicho se irguieron y agitó el muñón de su cola con gratitud. Nunca era divertido dar a Campeona malas noticias.

—Gracias, eso es ser buen amigo —dijo Bicho.

Ladito encontró a Campeona en el puente de mando al timón de la nave. Las luces estaban apagadas, pero el pelaje dorado de Campeona brillaba a la luz de una tableta electrónica. Casi toda la tripulación llevaba tabletas con información que necesitaban para sus tareas, y también música, juegos, películas y libros para sus horas libres.

Ladito detectó un olor dolorosamente conocido.

—Es la tableta de Roro. ¿Qué miras?

No estaba prohibido sacar la tableta de Roro de la perrera, pero a Ladito le pareció algo extraño.

Campeona apagó la pantalla. Estaba sentada en la silla del comandante Lin, con su chaqueta sobre el lomo. Ladito sabía que habría sido mejor sentarse en ella como en un cobertor, pero eso habría sido incorrecto, y Campeona no hacía cosas incorrectas:

—Aquí no hay ratas, Ladito.

Campeona ni siquiera lo miró. Sólo siguió viendo la ventana redonda al frente del módulo.

—Puede que las haya —dijo Ladito, a la defensiva—. Donde hay gente, hay ratas.

—Bueno, aquí no hay gente, ¿verdad?

Ladito sintió calor en los ojos, y ganas de morder.

—Creo que vale la pena buscar…

—¿Terminaste la inspección diaria del domo agronómico?

—Todavía no. Vine a avisarte del núcleo de singularidad. Bicho dice que es inestable. No podemos reemplazarlo porque el único repuesto estaba en la cápsula de emergencia. Bicho dice que si el núcleo falla, vamos a…

—Morir aplastados, luego de que *Laika* se colapse hasta un punto infinitesimal —dijo Campeona—. No hay que entrar en pánico.

—No entré en pánico.

—El pánico sólo empeora las cosas.

—Digo que no entré en pánico.

—Ajá —dijo Campeona en tono despectivo.

El olor de Campeona no coincidía con lo que estaba diciendo. Olía… insegura.

—¿Alguna otra cosa?

—No —respondió Ladito—. Es sólo… es decir, estoy seguro de que estaremos bien. La Tierra responderá, y todo lo que tendremos que hacer será resistir hasta que una misión de rescate llegue por nosotros.

—Seguro. Pero ahora necesito que vayas al domo agronómico, Ladito. Y necesito que apagues las lámparas solares.

Lo dijo tranquila, como si le hubiera ordenado apagar la luz de la bodega o limpiar un poco de agua del suelo. Pero la orden significaba mucho más que eso. Resultaba terrible.

—Estuve monitoreando el consumo de energía del domo —continuó Campeona—. Las lámparas representan un gasto enorme de batería, y son menos indispensables que el oxígeno y la calefacción. No podemos permitirnos mantenerlas encendidas.

Apagar las lámparas solares mataría los cultivos de verdura. Languidecerían y se secarían y se pondrían marrones y morirían. Llegar a Escalón con un suministro de verduras saludables y maduras era parte de la misión. Los perros buenos completaban la misión.

Ladito quedó mudo. Un gruñido se le formó en la garganta, y la cola se le sacudió, pero no con energía alegre.

Campeona había sido así desde el primer día de entrenamiento en la Tierra. Le gustaba dar órdenes. Le satisfacía estar al mando. Era buena para eso, admitió Ladito, pero él era un terrier. Sus ancestros habían sido criados para ser independientes, de modo que pudieran buscar bichos por su cuenta, sin que nadie les dijera qué hacer.

Temblando de coraje contenido, Ladito dio media vuelta y dejó a Campeona sola, brillando bajo las luces intermitentes.

El primer jitomate yacía como una pequeña esfera verde entre las hojas verdes de la planta. Si se le daba agua y se le permitía bañarse en la tibieza de las lámparas solares, crecería turgente, rojo y jugoso. Con tiempo, todos los cultivos darían verdura.

Ladito se acercó al panel de control. Tomó aire por la nariz y lo sostuvo. El domo agronómico ya no tenía ni el fantasma del olor de Roro. Sólo quedaba su trabajo, el resultado de las largas horas que ella y Ladito habían pasado en equipo, cavando la tierra para cultivar los alimentos que se usarían en la instalación. Aún había semillas en la bodega, pero tomaría semanas antes que crecieran para dar fruto tras el aterrizaje. ¿Y quién se las iba a comer? Los perros no podían vivir de verduras.

Por eso la orden de Campeona de apagar las lámparas solares tenía sentido. Sin tripulación humana, los cultivos no eran necesarios. Eran un desperdicio de energía.

Con un gemido, Ladito presionó un gran botón rectangular con la pata. Sobre su cabeza, con un suave zumbido, una de las lámparas se apagó como una estrella muerta. En segundos, el domo ya se sentía más frío.

Había otras cuatro lámparas, y Ladito las apagó todas. Cuando acabó, se sentó en la oscuridad entre las hileras de cultivos, hasta que la tierra que se estaba enfriando le heló la barriga.

Todavía había cosas que hacer en el domo. Las cámaras de suspensión contenían embriones de ovejas y cabras y cerdos y vacas. Cuando la tripulación llegara a Escalón, se maduraría a los embriones hasta que se convirtieran en animales de granja en la instalación. Todos los indicadores de estado en las cámaras seguían emitiendo una luz verde, un poco de luz para consolar el corazón oscurecido de Ladito.

Procedió a inspeccionar el nido. Cajas con puertas de cristal contenían media docena de huevos cada una, algunos de pollo, otros de pato o de ganso. Los huevos se mantenían en suspensión para que no empollasen hasta que *Laika* alcanzara su destino. ¿Pero después? La instalación tendría parvadas de pájaros cacareando, graznando, chirriando. A menos que Campeona le ordenase apagar el nido también.

¿Y si lo hacía?

Ladito no estaba seguro de poder seguir siendo un buen perro.

Bajó por la hilera de cámaras de huevos, revisando las lecturas para asegurarse de que todo estuviera en orden. Las cosas se veían bien hasta que llegó a la última cámara. Las luces estaban apagadas, las lecturas interrumpidas. Presionó la nariz contra la puerta de cristal y olfateó. Pudo respirar el olor amargo del plástico quemado y la peste química de cables derretidos.

La sensación de terror que ya se había vuelto costumbre le llenó la barriga como una piedra fría. La cámara había muerto, eso seguro. Pero ¿y los huevos?

Dos posibilidades.

Una, los huevos se habían enfriado y los polluelos dentro habían fallecido.

O dos, los huevos estaban bien, pero ya no estaban en suspensión. En cuyo caso era como si los acabaran de producir. ¿Cuánto tardarían en empollar? Recordó su entrenamiento.

Tres o cuatro semanas. Si se mantenían calientes, protegidos, vigilados como tesoros delicados e inapreciables.

Campeona había ordenado avisarle de inmediato de cualquier falla en los sistemas. Y Ladito haría justo eso. Después de guardarse los huevos en los bolsillos de la mochila.

Claro que no podía tener los huevos ahí, necesitaban más protección de la que su mochila podía aportar. Así que le diría a Campeona después de encontrar un buen lugar cálido para guardarlos.

Claro que Campeona podría decidir que había que comerse los huevos, ya que faltaba tanto la comida.

Así que le diría en cuanto los huevos empollaran.

Por otro lado, Campeona podría decidir que había que comerse los pollitos por la misma razón por la que podría decidir que había que comerse los huevos.

Así que Ladito esperaría a decirle a Campeona hasta que los pollitos crecieran y empezaran a poner sus propios huevos. Para eso eran los pollos, para hacer comida.

El único problema de esperar que los huevos empollaran y los pollos crecieran y alcanzaran madurez para poner más huevos era que las Porciones Universales de Alimento iban a terminarse pronto.

Así que lo mejor era guardar los pollos en secreto por siempre.

El plan era tan bobo que Ladito se mordió la cola de coraje.

Bueno, le diría a Campeona en algún momento, sólo no ahora.

Encontró un lugar perfecto en el módulo de ingeniería para esconderlos; una esquina oscura y cómoda, entibiada por el calor de un cruce de empalmes. Un par de overoles de la tripulación bastaron para formar un nido decente.

—Los llevaré a salvo a Escalón, huevitos. Crecerán y serán pollos gorditos, rascarán el polvo de un nuevo mundo. Les doy mi palabra.

Un olor llegó a las narices de Ladito, una mezcla de saliva y nervios, y lo acompañaba el ruido de patas torpes en cubierta.

Ladito se apresuró a ocultar los huevos en los pliegues de los overoles.

—¿Qué haces?

Ladito volteó para mirar a la enorme Margarita.

—Cazando ratas, como siempre. Lo de siempre. Lo que siempre hago. ¿Por? ¿Tú qué haces?

—Correteando —Margarita meneó la pelota de hule que había tirado a sus pies—. Es lo que yo hago siempre, deberías hacerlo conmigo un día —se inclinó en invitación a jugar, el trasero al aire y la cola meneándose con esperanza.

Corretear sonaba a la mejor idea que Ladito había oído en su vida. Los llevaría a él y a Margarita lejos del módulo de ingeniería y de los huevos.

—Me gustaría, Margarita. Me gustaría mucho. Vamos a correr de una vez.

—¡Vamos! —la cola de Margarita se agitó tan fuerte que parecía capaz de salir volando y hacerle otro hoyo al casco.

En verdad le gustaba correr. Sus piernas empezaron a temblar, y su lengua babeó como una cascada. En espacio abierto, incluso en los corredores de la nave, eso era aceptable y hasta normal. Sólo era una cachorra enorme. Pero ¿en los confines del módulo de ingeniería, tan cerca de los frágiles huevos?

—Margarita, no hay que jugar aquí.

Pero Margarita no oía más que el incontenible zumbido en su cabeza. Se arrojó al suelo y se sacudió, golpeándose contra la maquinaria.

—Salgamos a los pasillos. A ver quién llega primero —ladró Ladito. Su misión era sacar a Margarita del módulo de ingeniería y alejarla de los huevos.

Margarita echó a correr, pero no hacia los pasillos. En vez de eso, empezó a dar vueltas por el módulo de ingeniería, golpeando los conductos y saltando sobre los tableros de control como un borrón gris.

Su pata aterrizó en la pelota de caucho y la lanzó directamente contra los huevos. Se arrojó para atraparla, y Ladito brincó para detenerla, pero era como tratar de detener un cohete lanzándole un haba. Rebotó en ella y aterrizó con fuerza en cubierta.

Margarita estaba demasiado absorta en su éxtasis de cachorra para darse cuenta. Y seguía corriendo hacia el cruce térmico donde se ocultaban los huevos.

La pelota rodó debajo del escondite. Ladito tomó aire y gritó:

—¡Cuidado con los huevos!

Margarita se detuvo con gran esfuerzo, sus gigantescas patas estuvieron a nada de estrellarse contra el envoltorio de overoles. Entonces metió la nariz al nido, y luego inclinó la cabeza hacia Ladito.

—¿Huevos?

—¡A un lado! —dijo Ladito, haciéndola a un lado. Levantó las coberturas y olió los huevos. Estaban intactos.

—¡Huevos! —exclamó Margarita.

—Sí, pero es un secreto. No le digas a nad…

—¡Pusiste huevos!

—¡Cállate, Margarita! Ya te dije que es un secreto.

Pero el daño estaba hecho. El olor de Bicho penetró en el módulo de ingeniería, y a continuación el corgi ya estaba junto a los empalmes térmicos, rascándose con una pata trasera.

—¿Qué secreto?

—¡Ladito puso huevos! ¡No es perro! *¡Ladito es una gallina!*

—No soy una gallina, sillón con patas.

Margarita frunció el ceño con extrañeza.

—Si no eres gallina, ¿cómo pusiste huevos?

—No puso huevos. Éstos son del nido, ¿no, Ladito?

A regañadientes, Ladito explicó la descompostura del nido. Margarita seguía sin entender por qué había que guardar el secreto, pero Bicho lo supo enseguida.

—Campeona podría considerar que son comida —dijo.

Ladito sintió cosquillas en la mandíbula.

—Lo sé.

—Tendría razón.

—¿Me ayudarán a guardar el secreto de todos modos?

—Claro —afirmó Margarita.

Bicho se retorció. Vibró con un gruñido bajo. Ladito sabía que estaba pidiendo demasiado. No era sólo que Campeona fuera la jefa. Era parte de la manada. Aun cuando los perros estaban en desacuerdo, aun cuando discutían, aun cuando peleaban, ellos cuatro eran manada. Y la manada no le guardaba secretos a la manada.

—De acuerdo —concedió Bicho al fin.

Ladito soltó un suspiro que no sabía que se estaba aguantando.

—Gracias.

Bicho gruñó y se marchó.

Al verlo alejarse, Ladito sintió que algo se había roto. Algo más indispensable que todos los sistemas de *Laika*.

—Campeona nos llama al puente de mando.

Ladito estaba al fondo de un vertedero, despejando un bloque de basura, y la voz de Bicho se oyó lejana en la oscuridad. Campeona había elegido a Ladito para la tarea porque era suficientemente pequeño para pasar por el estrecho espacio, y porque era el mejor cazador de la manada. Tenía las patas pegajosas de mugre, y por primera vez en su vida anhelaba un baño.

—¿Es por los...?

Debió haberle dicho a Campeona sobre los pollos. Un buen perro lo habría hecho. ¿Quién es un buen perro? Ladito no.

Bicho interrumpió a Ladito antes de que terminara la pregunta.

—Recibimos respuesta de la Tierra.

El corazón de Ladito golpeó con esperanza. Sólo quedaba un día para que la ventana de comunicación se cerrara, y con cada hora que pasaba parecía menos probable recibir un comunicado. Ladito había empezado a preocuparse de haber hecho algo mal cuando había rotado la antena de comunicaciones y ladrado el mensaje. Le había preocupado que hubiera fallado en la misión.

Saltó corriendo fuera del vertedero y siguió a Bicho hacia el puente de mando.

—¿Tenemos un mensaje? —jadeó en cuanto llegó al módulo. Margarita y Campeona ya estaban allí.

—Afirmativo —dijo Campeona. Se levantó en sus patas traseras para alcanzar la consola de comunicación y presionó un botón.

Los perros callaron cuando un siseo llenó el aire.

—Perros de *Laika* —decía la voz de un hombre, algo quebrada, un tanto distorsionada—. Hemos recibido y descifrado su mensaje. Compartimos su pena por la pérdida de la tripulación. No hemos recibido señal de auxilio de la cápsula de emergencia. La cápsula es muy pequeña, y el espacio es muy grande.

—Ya sabemos —gruñó Ladito—. ¿Creen que somos tontos?

Campeona adoptó una postura que ordenaba silencio. Ladito obedeció.

—Desgraciadamente —siguió el hombre con la voz distorsionada—, esto significa que la posibilidad de que una misión de rescate logre localizar la cápsula es casi nula. Debemos aceptar que la tripulación está perdida y más allá de toda salvación. Honramos su valor y su sacrificio.

La voz hizo una pausa y se aclaró la garganta.

—¿Quién es un buen perro? Ustedes. Todos ustedes son buenos perros.

Fue todo.

Ni una palabra sobre rescatar a los perros. Ninguna instrucción para reparar la nave.

Nada más que ese mensaje inútil, y luego de nuevo el silencio del espacio.

—Nos han abandonado —dijo Ladito.

Antes de los perros, existieron los lobos. Criaturas salvajes que cazaban de noche, ensangrentaban los hocicos en los restos de su presa. La historia favorita de Ladito era la de cómo los lobos se habían vuelto perros, y los perros y humanos se habían hecho amigos. La historia era parte de *El gran libro de los perros,* sólo uno de los muchos libros que Roro guardaba en su tableta.

Antes de hibernar, Roro llevaba a los perros a la cama todas las noches. A Margarita le daba una pelota para mordisquear, porque Margarita no podía dormir sin una, y rascaba a Bicho detrás de las orejas, y peinaba el pelaje dorado de Campeona. Ladito se ponía hocico arriba para que Roro le rascara la barriga, y luego Roro contaba a la manada una historia para dormir.

Acurrucado en la perrera, escuchando los ronquidos y gruñidos de estómago de sus compañeros de manada, Ladito deseó que Roro estuviera allí para contarle una historia antes de dormir. Habría dado lo que fuera por oír su voz, o la voz de cualquier humano. Menos la del radio, esa que les dijo a los perros que estaban solos.

Los perros necesitaban voces humanas. Era una necesidad que se remontaba a miles de miles de años, antes de que hubiera naves o computadoras, cuando los humanos estaban atrapados en su planeta y vivían en cuevas o refugios de piel de animales. Pero aun antes de los perros, los lobos habían aprendido a acercarse a los humanos, pues, aunque los bípedos ésos eran peligrosos, con sus flechas y lanzas, tenían algo que los lobos querían: basura.

La basura es comida.

Al borde de sus campamentos, los humanos arrojaban restos de carne, bocados de grasa, huesos que los lobos podían romper con sus mandíbulas para absorber el rico y nutritivo tuétano interior. Los lobos robaban la basura de los humanos, pero daban algo a cambio: ahuyentaban a los otros depredadores. Al acercarse el peligro, aullaban y gruñían y despertaban a los humanos de su sueño. Tomó miles de años, pero finalmente lobos y humanos formaron un lazo. Era incierto, y se rompía a menudo, pero existía. Era un lazo.

Algunos lobos se hicieron compañeros de los humanos. Y después de un largo, largo tiempo, los lobos que vivían con humanos cambiaron.

Evolucionaron a perros.

—Perros y gente —había dicho Roro—. Es difícil imaginar unos sin otros.

En los días de entrenamiento, Roro decía a la manada que, durante todo el tiempo que los perros y la gente habían vivido juntos, se habían cambiado entre sí. Los perros habían cambiado la forma de cazar de la gente. Cambiaron su forma de viajar y de vivir. Pero los humanos cambiaron a los perros aún más. Criaron perros con atributos que encontraban útiles, como la habilidad de correr rápido, o de meterse a agujeros en busca de roedores. Los humanos llegaron a depender de los perros para todo tipo de tareas. Había perros que guiaban a los humanos que no podían ver a través de las calles más concurridas. Había perros que podían olfatear bombas. Perros que podían oler personas para encontrar ciertas enfermedades. Los humanos criaban perros por sus aptitudes, y por su tamaño y longitud de pelaje y temperamento, y docenas de otras características. Como resultado, los perros se volvieron la especie más diversa del planeta Tierra, desde el pequeño Chihuahua de apenas dos kilos de peso, hasta el gran mastín inglés de unos cien kilogramos.

Para el siglo XXII, la crianza, el entrenamiento y la ingeniería genética habían convertido a los perros en los animales más listos de la Tierra, con la *posible* excepción de los humanos. La tecnología les había dado a los perros un mayor tiempo de vida. Les había concedido la habilidad de percibir el mismo espectro de colores que veían los humanos. Seguían siendo perros, pero eran perros aún más capacitados para cooperar con humanos.

Los humanos usaron la tecnología para cambiarse ellos mismos también, para comunicarse mejor con los perros. Inventaron implantes cerebrales, que traducían los ladridos y las posturas de los perros, y hasta sus aromas, al lenguaje humano.

Los perros y la gente estaban hechos para vivir juntos. Era una pertenencia mutua que había empezado con fogatas en la noche oscura, y avanzado a la luz de la ciencia. Los humanos no habrían sido los humanos que eran sin perros, y sin humanos, los perros quizá ni siquiera habrían existido.

Muchas de las historias en *El gran libro de los perros* mostraban lo que un perro estaba dispuesto a hacer por sus humanos. Roro les había contado de Guinefort, un galgo que pertenecía a un caballero en la Francia medieval. Un día el caballero había dejado a su bebé solo en el castillo (de forma muy irresponsable, pensaba Ladito), y cuando volvió encontró el cuarto de su hijo lleno de sangre. Pensando que Guinefort había matado a su bebé, el caballero mató al perro con una flecha. Sólo más tarde encontró las serpientes muertas junto a la cuna, y a su hijo con vida en otra parte del castillo. Guinefort había vencido a las serpientes y salvado al bebé. Por siglos, la gente honró a Guinefort como un santo, y le rezó como santo protector de los bebés.

Roro les leyó sobre Balto y Togo, dos de los ciento cincuenta perros de trineo que se enfrentaron a mil kilómetros de ventisca y temperaturas de cincuenta grados bajo cero para hacer llegar medicamentos a Nome, Alaska. Evitaron la muerte de miles de personas durante una epidemia mortal de difteria.

Y estaba Barry, el San Bernardo que rescató a más de cuarenta personas perdidas en las cumbres heladas de los Alpes suizos.

Ladito olió el calcetín de Roro y se acurrucó en un pequeño ovillo sobre su cama, tratando de mantenerse tibio. Deseó poder ser como Balto y Togo y Barry, acostumbrados al frío, la nieve y el hielo. Buscando más inspiración, curioseó por el índice de *El gran libro de los perros.*

Sus ojos se detuvieron en el capítulo llamado "Laika".

Laika había sido el primer ser vivo en ver la Tierra desde el espacio. Era una heroína, y por eso la nave llevaba su nombre.

Navegó hasta encontrar el capítulo, pero la pantalla estaba vacía. Cuando tocó el icono de "Reproducir" con la nariz, el libro permaneció en silencio. Siempre pasaba lo mismo. Por una cruel broma del destino, el capítulo sobre la perra que más le interesaba a la manada, y el que Roro por alguna razón nunca les había leído, faltaba.

Así que Ladito volvió a escuchar la historia de Balto y Togo. Era una buena historia, aunque no fuera la que quería oír.

Cuando el capítulo terminó, Ladito permaneció despierto y pensó en todas las cosas que haría con Roro cuando se reuniesen. Jugarían a traer la pelota en Escalón. Roro le rascaría la barriga y le contaría cuentos. Y un día, Roro le narraría la historia completa de la valiente perra astronauta llamada Laika. Y todo iba a estar bien.

—Ésta es la última reparación —dijo Bicho, arrancando el extremo de una tira de cinta adhesiva con los dientes—. Ahora los motores de pulso arrancarán, o...

—¿O explotarán y nos harán trizas a todos? —preguntó Margarita.

—Exacto.

Después de días de arrastrarse por el compartimento de motores, olisqueando cualquier pieza averiada, Ladito y Bicho habían logrado remachar, puentear o reconectar cada conducto, cada cable y cada alambre.

O esperaban haberlo hecho.

Hoy se decidía si los Perronautas completaban su misión y llegaban a Escalón, o fallaban y morían poco a poco en el espacio.

Ladito puso los huevos del nido entre los empalmes térmicos en su mochila. Si pasaba algo malo, quería tenerlos cerca para protegerlos como mejor pudiera.

Se unió al resto de la manada en el puente de mando.

—Repasemos el procedimiento —dijo Campeona desde su lugar en la silla del comandante Lin. Los otros tres perros se sentaban en cubierta, levantando la vista hacia ella—: arrancamos los motores y los dejamos arder por cincuenta y tres segundos. Eso debería ponernos en órbita sobre Escalón en poco más de cuarenta y seis días. Desde la órbita, cambiamos el domo agronómico a modo aterrizaje habitacional. Desprendemos el At-Hab y usamos sus cohetes para realizar un descenso controlado hasta la superficie del planeta. Y listo. Estaremos en nuestro nuevo hogar.

Campeona lo dijo con tal certidumbre que Ladito casi olvidó el tremendo viaje que aún les esperaba. Sobrevivir cuarenta y seis días casi sin energía para sistemas ambientales, malviviendo de raciones escasas, sin ningún margen de error. Y aun si todo salía bien y lograban aterrizar, seguiría faltando la tripulación humana.

Así no debía haber sido la misión.

Pero no había manera de evitarlo, se dijo Ladito. En esa situación estaban, y la enfrentaría como buen Perronauta. Campeona los miró de uno en uno.

—Todos han hecho muy buen trabajo. Bicho y Ladito, sé lo mucho que han trabajado para reencender los motores. Y Margarita, has... has movido muchas cosas pesadas. Y todo ello bajo mucha presión, sin sueño suficiente, ni alimentos. Todos han hecho un enorme sacrificio por la manada y la misión. Estoy orgullosa de ustedes. La tripulación habría estado orgullosa de ustedes. Roro estaría orgullosa de ustedes.

Ladito no entendía cómo hacía Campeona para decir todo eso sin el menor asomo de un gemido. Y cuando él logró decir, con un nudo en la garganta: "También estarían orgullosos de ti, Campeona", lo entendió todavía menos.

—A sus puestos —ordenó su líder.

Ladito y Bicho saltaron a los asientos contiguos del tablero de sistemas de control de motores. Campeona permaneció en el asiento del comandante Lin. Margarita galopó hasta el frente del módulo y se mantuvo quieta, con las patas en el visor principal. Su trabajo oficial era alertar de obstáculos, aunque los sensores ya habían mostrado que el camino estaba despejado por más de cien mil kilómetros. Campeona sabía que a Margarita le gustaba ver por la ventana.

—Hagamos una revisión —dijo Campeona—. Activación de propulsión.

—Listo —afirmó Bicho.

—Cronómetro de combustión.

—Listo —ladró Ladito.

—Mirar por la ventana.

—Listo, listo, listo —ladró Margarita.

El aire estaba lleno de olores. Preocupación, concentración, emoción, esperanza.

Campeona observó la lectura del mapa, que mostraba el pequeño círculo rojo de *Laika* y, aún lejos a través del gran vacío, el círculo verde de Escalón, siguiendo su rumbo elíptico en torno a su estrella. *Laika* era como un palo que había que lanzar 7,500 millones de kilómetros para ser recibido por el planeta. Todo tenía que salir perfecto.

—Enciéndanlo a mi señal —llamó Campeona. Ladito y Bicho pusieron las patas en los tableros de control—. En cinco. Cuatro. Tres. Dos...

Ladito estaba jadeando, pero su pata estaba firme.

—¡Ahora!

Ladito empujó un interruptor hacia delante, iniciando el cronómetro de cincuenta y tres segundos. Exactamente al mismo tiempo, Bicho dejó caer la pata en el control de combustión.

—Tenemos ignición —ladró Bicho.

Explosiones controladas de partículas nucleares de energía salieron de los motores en la parte trasera de la nave y la empujaron a moverse.

Una gran vibración sorda sacudió las planchas de cubierta y subió hasta la barriga de Ladito, con lo cual su placa se agitó. Recordó la sensación de la primera vez que se habían encendido los motores de *Laika*, cuando la nave dejó la órbita terrestre y empezó el viaje al espacio. Recordó los olores tensos y ansiosos de la tripulación, y los suspiros jadeantes de su manada (excepto Campeona, que había permanecido seria y tranquila). Recordó a Roro aplaudiendo y sonriendo mientras la nave iniciaba su recorrido.

La vibración y las lecturas de instrumentos eran la única manera de saber que la nave se movía. No era como ir en auto y ver pasar los árboles a toda velocidad. Margarita aplastó su nariz contra la ventana, la cola dando latigazos de un lado a otro. Ladito sintió envidia. Si hubiera podido hacerlo sin morir, habría sacado la cabeza por la ventana y ladrado de alegría mientras la nave se lanzaba a través del espacio.

Con los ojos fijos en el reloj, Ladito anunció el tiempo de combustión restante.

—Cuarenta y tres segundos.

Bicho revisó sus lecturas.

—Intervalo de pulso estable.

—Generadores de gravedad compensando aceleración —dijo Campeona.

—Me gusta el espacio —reportó Margarita.

Esto era trabajar, descubrió Ladito. Él y Bicho habían reparado los motores, y *Laika* ya no estaba flotando como un madero en el agua, e iban a alcanzar la órbita de Escalón y aterrizar en el planeta y cumplir la misión como buenos perros.

Estaba a punto de anunciar la marca de treinta y tres segundos, cuando una enorme sacudida cimbró la nave. Un pesado silencio cayó en el aire. Nadie hizo un ruido. Ni un ladrido, ni un gemido, ni un gañido. Ladito seguía mirando el cronómetro, y supo que el silencio permaneció sólo dos segundos, pero pareció durar mucho más que eso.

Y entonces el silencio se rompió. Un gran BUUM retumbó por toda la nave. Hubo un profundo gemido, como el de un colosal animal en agonía. El suelo empezó a inclinarse a la izquierda. La nave se iba de lado.

—Tranquilos —ordenó Campeona—. Reportes, ya.

—No tengo lecturas de motor —comenzó Bicho—. Creo que los motores explotaron.

Ladito revisó el cronómetro.

—El incidente tuvo lugar restando treinta y tres segundos de combustión. Sólo tuvimos aceleración durante veinte segundos.

Eso no era suficiente para llegar a Escalón.

—Estamos perdiendo presión —dijo Campeona. No había rastro de pánico en su tono, ni siquiera de alarma, pero Ladito podía olerlo en todos como un humo enfermizo.

—Tengo algo que reportar —añadió Margarita, con sus patas todavía recargadas en el visor frontal. Habló sin energía de cachorro, en un tono de terror, y todos los ojos voltearon hacia ella.

—Veo escombros.

Aun desde su asiento, Ladito pudo ver pedazos de metal con forma de rejilla, volando más allá de la nave.

—Ésa es la cobertura exterior del casco del motor de pulso —ladró Bicho bruscamente.

Escombros, la pérdida de los motores y un descenso en la presión significaban una cosa: explosión. Una que tal vez había vuelto a abrir la perforación en el casco, o abierto una nueva.

Campeona saltó fuera de la silla del comandante.

—Ustedes tres, vayan al domo agronómico. Cuenta con su propia reserva de aire. Refúgiense allí.

—¿Adónde irás? —preguntó Ladito.

—Tenemos que comer. Queda una bolsa de PUA en la bodega. Voy por ella.

—Yo soy la perra de cargamento —protestó Margarita—. Déjame ir a mí.

Campeona le dirigió una mirada larga, intimidante.

—Tú eres la Perronauta más fuerte, y cuento contigo para que Bicho y Ladito lleguen a salvo al domo. Y eso fue una orden, Margarita.

La cachorra gran danesa se lamió los labios por la tensión, y Ladito se preguntó si desobedecería. Y si lo hacía, ¿qué podría hacer Campeona al respecto? Margarita aún no entendía cuánto superaba en fuerza a los otros tres, un día sería consciente. Pero éste no era ese día. Metió la cola entre las patas, bajó la cabeza, y asintió:

—Sí, Campeona.

Campeona dio media vuelta y corrió hacia la puerta del puente de mando. Antes de cruzarla, giró para mirar a Ladito, Bicho y Margarita.

—Aún somos manada —ladró—. Y sobreviviremos como manada.

Entonces retomó su camino.

Las luces del techo parpadeaban mientras Ladito, Bicho y Margarita corrían por el pasillo. Las luces eran de los sistemas más básicos de la nave, y si estaban fallando, quería decir que *Laika* estaba en gravísimos problemas.

—Mi culpa, mi culpa, mi culpa —repetía Bicho entre jadeos—. Soy el ingeniero. Era mi trabajo arreglar los motores. Algo hice mal. Algo dejé sin conectar, o alguna fuga dejé sin revisar, o... o...

Ya no estaba corriendo hacia delante, sino en círculos.

Ladito se detuvo.

—Bicho, yo olfateé las fugas y te ayudé a soldar las conexiones. Tal vez fue mi culpa.

Margarita, que ya los había adelantado varios metros, galopó de regreso.

—¿A QUIÉN LE IMPORTA DE QUIÉN ES LA CULPA? ¡CAMPEONA ME ORDENÓ LLEVARLOS AL DOMO! ¡DEJEN DE HABLAR Y CORRAN! —rugió.

Sus ladridos eran sonoros, feroces y tan espantosos que Ladito casi se orina de la impresión. Lograron su cometido. Bicho echó a correr hacia delante de nuevo, con Ladito siguiéndole los pasos. Pero cuando llegaron a una bifurcación, Ladito derrapó hasta detenerse.

Margarita parecía a punto de rugir de nuevo, pero Ladito la interrumpió.

—Sigan —dijo—. Necesito traer una cosa.

—Pero Campeona dijo...

—Que nos refugiáramos en el domo, y eso es justo lo que voy a hacer... en cuanto traiga una cosa.

Se dio cuenta de que Margarita iba a plantarle cara y discutir, quizás incluso levantarlo del cuello, y entonces se encontraría indefenso, colgando de su hocico y siendo babeado mientras ella trotaba con él.

—Ten —dijo, soltándose la mochila—. Lleva los huevos al domo. Los pollitos dependen de ti.

—Pero Ladito... —gimió Margarita.

—Me llevas a mí al domo, o llevas a los pollitos. No puedes llevarnos a ambos.

Margarita mordió con vacilación la correa de la mochila. Con el hocico ocupado, ya no podía evitar que Ladito siguiera su camino.

Sus ojos suplicaron, mientras Bicho miraba a Ladito sin entender.

—Los alcanzaré en el domo —prometió Ladito.

No esperó respuesta. Por el contrario, aceleró por el lado izquierdo del pasaje como si su vida dependiera de ello. Y así era. De hecho, la vida de todos dependía de que él llegara a la perrera por uno de los objetos más importantes de la nave. Pero no estaba seguro de que la manada fuera a entender por qué valía la pena arriesgarse tanto.

Sus orejas detectaron un silbido que se volvió más audible y más estridente mientras más avanzaba, y para cuando llegó a la perrera, el flujo de aire le agitaba el pelaje. Eso sólo podía significar una cosa: la nave tenía una fuga de aire. ¿Se había vuelto a abrir la vieja brecha, la que había visto desde el fido, parchada con espuma de reparación? Campeona había dicho que se dirigía a la bodega. Eso estaba en el módulo D, en el otro extremo de la nave, cerca de la popa, demasiado cerca del módulo de ingeniería y los motores. Podía verlo en su mente: un panel completo faltante, una bolsa de PUA flotando en el espacio y derramando croquetas, puntos parpadeantes de vapor de agua congelado, y Campeona dando vueltas como un pajarito en un ciclón, cubierta de escarcha, muriendo.

Ladito se lanzó a la perrera a recoger lo que buscaba: la tableta de Roro. Contenía información invaluable:

el manual técnico de la nave, un mapa de navegación con la ruta de la Tierra a Escalón... pero para Ladito, lo más importante era que contenía *El gran libro de los perros.*

La manada necesitaba esas historias. Ladito necesitaba esas historias. Necesitaba historias de perros que fueran héroes. No todas tenían final feliz, pero todas hacían a Ladito sentirse mejor de alguna manera. Las historias tristes también podían hacer eso, supuso. Le ayudaban a saber que él y los otros perros de *Laika* no habían sido los únicos en correr peligro, en tener miedo. Una historia triste podía hacerte sentir como cuando te rascaban las orejas. Te hacía sentir acompañado.

Y en algún lugar, atrapada en la memoria del libro, estaba la historia de Laika, la perrita espacial rusa. Su historia *tenía* que seguir ahí. Ladito estaba convencido de que saber cómo había cumplido Laika su misión ayudaría, a él y a los otros Perronautas, a completar la suya.

Ladito se lanzó a través del último pasillo hasta el domo, parpadeando contra las motas de polvo que le caían en los ojos. Lo que había empezado como una brisa, ahora era un fuerte viento. *Laika* perdía atmósfera, y estaba empeorando. Ladito trató de no pensar en sus compañeros flotando por el espacio abierto, girando como hojas en una constelación de gotas de agua congelada.

Bufó el reducido aire e hizo un último esfuerzo para alcanzar el final del corredor. Cuando llegó al domo agronómico, encontró a Bicho y Margarita acurrucados en la oscuridad. El domo tenía que ser su último refugio, pero no parecía muy seguro ni acogedor. La única luz provenía del opaco brillo rojizo del indicador de emergencia sobre las puertas. Dejó caer la tableta de Roro sobre la cubierta y se acercó a olisquear a sus compañeros. Olían a terror.

Había equipo y provisiones desperdigadas por toda la cubierta: algunas herramientas, un tanque de espuma de reparación de emergencia, suministros médicos y varios accesorios de supervivencia. Pero ¿dónde estaba Campeona?

—Dijo que iba por un último cargamento de suministros —comentó Bicho, adivinando la pregunta—. Pero han pasado más de diez minutos.

Nada dijo sobre el viento agitando su pelaje. Los perros sabían lo que eso quería decir: aun en el domo, el aire se estaba escapando, lanzándose al vacío del espacio por un agujero en algún lugar de la nave. El domo tenía sus propios sistemas ambientales, pero a menos que aquel hoyo fuera aislado del resto de *Laika*, éste acabaría perdiendo toda su atmósfera también.

—¿Cuánto tiempo tenemos? —preguntó Ladito. Bicho husmeó el aire analíticamente.

—Treinta minutos, máximo. Quizá veinte.

—No sellaremos el domo hasta que regrese Campeona —sentenció Ladito.

Bicho y Margarita ladraron un "Afirmativo".

Transcurrió un minuto en la oscuridad, y otro, y luego otro más.

¿Qué habría hecho Campeona si Bicho o Margarita se perdían? ¿Qué habría hecho si Ladito no volvía de su viaje a la perrera?

No tuvo que pensarlo mucho.

—Voy a buscarla —anunció.

—No puedes salir allí de nuevo —protestó Bicho—. Hay cuatrocientos metros de túneles y cinco plataformas de aquí a la bodega. Aunque la encontraras, nunca regresarías a tiempo.

—No podemos dejarla morir así, sin más —gruñó Ladito, con los pelos en punta.

—No dije que lo hiciéramos. Voy a bajar por los vertederos hasta la bodega.

Ladito miró una cubierta negra de hule en la pared. Cada sección de la nave tenía un vertedero de basura, sellado herméticamente para evitar que la nave se llenara de los olores que disgustaban a los humanos. Era posible que los vertederos retuvieran su suministro de aire más tiempo que el resto de *Laika.*

—Buena idea —dijo Ladito—. Pero iré yo.

—No. Fue mi culpa que explotaran los motores. Fue mi culpa que Campeona tuviera que ir por suministros. Es mi responsabilidad.

Antes de que Ladito pudiera discutirle, Bicho echó a correr hacia la cubierta del vertedero. Se veía ridículo, corriendo con sus patas chatas de panquecito, de modo que cuando brincó hacia la cubierta no pudo elevarse lo suficiente y se estrelló muy fuerte con la cabeza en la pared.

—Auu —aulló, tendido sobre la cubierta.

Margarita galopó hasta él.

—¿Estás bien?

—¿Huele a que estoy bien?

Margarita lo olfateó de pies a cabeza.

—Hueles bien.

—Bien. Pero *auu*.

Margarita le dirigió una mirada muy seria a Ladito.

—Cuida a Bicho, Ladito. Voy por Campeona, y nadie podrá detenerme.

La enorme gran danesa mantuvo la cabeza en alto. Con pasos dignos y poderosos, se movió hacia la cubierta y se irguió con las patas delanteras contra ella. Sus enormes músculos de cadera se flexionaron al saltar por el conducto… donde se atascó.

—*Ups* —se lamentó con un aullido apagado.

—Creo que ya sospechaba que eso iba a pasar —dijo Ladito. Bicho agitó la cola en asentimiento.

Margarita logró desatorarse con mucho pataleo y gemidos, y estaba a punto de intentarlo de nuevo, cuando Ladito extendió las piernas y sacó el pecho, con la cola extendida y tensa.

—Estamos perdiendo aire y tiempo. Yo iré por Campeona. Bicho, intenta darnos algo de luz y calefacción. Margarita, lame la cabeza de Bicho hasta que deje de dolerle.

La lengua de Margarita dejó un rastro empapado desde la punta de la nariz de Bicho hasta el medio de sus orejas.

—Bicho, si no vuelvo en veinte minutos, sabes qué hacer.

Bicho sabía. Tendría que sellar el domo. Era el procedimiento correcto. Pero no quiso decir "Afirmativo". Eso frustró y hasta enojó a Ladito, pero lo hizo amar a su amigo también.

Por lo general, los conductos eran inodoros. Se suponía que enjambres de robots limpiadores del tamaño de insectos se encargaban de cualquier derrame o rastro de bacterias o grumos pegajosos que no terminaran de bajar a la esclusa secundaria para ser lanzados al espacio. Pero la peste de comida podrida y popó llenaba todo el reducido espacio. Era un aroma maravilloso (Ladito amaba el olor a deshechos tanto como cualquier perro) pero era otro recordatorio de que *Laika* estaba muriendo.

No tenía luz para ver, pero conocía bien el conducto; en su momento había buscado ratas ahí y hecho reparaciones por todo el sistema.

El soplo de aire del exterior se hizo más intenso, informándole que estaba cerca de la brecha en la nave. Un martilleo seco lo espantó tanto que el corazón le subió a la garganta. Los escombros fuera del conducto debían estar golpeando los muros como misiles. Imaginó a Campeona enfrentándose a una galería de tiro de aire escapando y proyectiles volando, y se apresuró.

Ya que dejó de escuchar cualquier cosa del exterior fue cuando empezó a perder la esperanza. No había movimiento de aire, ni golpes. Ni siquiera los habituales zumbidos y rumores mecánicos que no había notado hasta que callaron. ¿Qué significaba? ¿Habían fallado todos los sistemas en esta parte de la nave? ¿Había escapado ya todo el aire afuera del conducto? ¿Había salido volando todo? ¿Campeona incluida?

Había seguido el conducto lo suficiente para llegar al Módulo D. Unos metros más y una vuelta a la izquierda, y alcanzaría la abertura de la bodega. No sabía qué haría entonces. Si abría la escotilla, podría estar exponiendo el conducto al vacío. Todo el aire que quedaba en el vertedero escaparía. Pero *no* abrir la escotilla podía significar abandonar a Campeona a su suerte.

Tal vez la tripulación humana había enfrentado una decisión como ésta. Tal vez habían tenido que elegir entre salvarse ellos o salvar a los perros. Tal vez se habían visto forzados a huir, aunque eso significase abandonar a la manada.

Qué decisión, y ninguna era correcta. Hizo que Ladito sintiera pena por los humanos.

Empujó su cabeza contra la cubierta, se escurrió por la escotilla del vertedero y salió a la cubierta de un corredor. Motas de polvo avanzaban por el suelo. Entrecerró los ojos contra la mugre flotante y aceleró hacia la bodega. Sus pulmones no recibían suficiente oxígeno y un dolor de cabeza hizo aparecer puntos oscuros en su visión. Pero los ignoró y siguió adelante.

Al dar vuelta en la esquina, vio un bulto a la distancia. Las escotillas de esta sección eran pesadas puertas de metal que se cerraban verticalmente del techo al suelo. La escotilla de la bodega había descendido, pero había algo atorado debajo, evitando que cerrara completamente. Era difícil distinguir en la tenue luz, pero su corazón supo lo que detenía la puerta.

Se acercó y olisqueó. Era Campeona. No se movía. Ante ella había un paquete de PUA.

—¡Campeona! —ladró— ¡Campeona, despierta!

Campeona no respondió.

La empujó con una pata. Luego rascó. Luego le azotó la cabeza con ambas patas, ladrando su nombre una y otra vez.

Ladito pensó que ya había imaginado lo peor que podía pasar. Ya había vivido una de sus peores pesadillas: que Roro lo abandonara en el espacio. Y todo lo que él y los otros perros habían hecho desde entonces estaba destinado a impedir lo siguiente peor, que era no cumplir su misión. Escalón seguía ahí, a la espera. Y ahora tal vez no sobrevivirían.

Pero si iban a morir, Ladito pensó que lo harían como manada. Morirían juntos. Pensó en Campeona batallando para volver al domo; la vio llamando a sus compañeros, sin que nadie la oyera. La imaginó sola en la oscuridad. Era demasiado para soportarlo, y sin saber qué más hacer, abrió mucho las fauces y hundió los dientes en el pellejo del cuello de Campeona.

—¡AAARRRR! ¿Qué estás haciendo?

—¡Campeona! ¡Estás viva!

Ladito le hundió la nariz en el pelaje. Ella le mostró los ojos furiosos y los dientes feroces.

—Creí haberte dicho que te refugiaras en el domo con Bicho y Margarita.

—Lo hicimos. Pero cuando no volviste…

—Cuando no volví, debiste obedecer y sellar el domo.

Ladito consideró morderla otra vez.

—Pensé que habías muerto.

—Yo también —respondió Campeona débilmente—. Reporte de Bicho y Margarita.

—Sanos y salvos. Ahora sal de ahí y vamos. Se acaba el aire.

—No puedo. Me atoré.

Ladito miró más de cerca. Su pata trasera izquierda estaba prensada entre la cubierta y la escotilla.

—¿No puedes arrastrarte para salir?

—No, ya lo intenté.

—¿Y jalar con tus patas delanteras y empujar con las traseras?

—Eso *es* arrastrarse. Pero ya que estás aquí, puedes ser útil y llevar estas raciones PUA al domo.

—Voy a levantar la escotilla.

—Recibiste una orden, Ladito.

—Ya sé. Estoy desobedeciendo. Veamos... Si pudiera incrustarme bajo la escotilla y levantar...

Se recostó sobre la barriga y empujó la nariz a través del hueco entre la escotilla y el suelo. Aromas verdes y enfermizos de dolor alcanzaron su nariz.

—Campeona, tu pata está muy mal.

—Ya me di cuenta, gracias por decírmelo.

—Bien. Bien, el objetivo de mi misión es sacarte de ahí y llevarte de vuelta al domo. Bien.

Empujó hacia arriba con todas sus fuerzas, ordenando a su cuello, lomo y patas que tuvieran la fuerza para levantar la escotilla, pero después de unos segundos de esfuerzo, la escotilla ni siquiera tembló, y Ladito se dio cuenta de que harían falta diez cachorras como Margarita para levantarla.

Se escurrió de regreso afuera, jadeando.

—No funcionó —reportó.

—Afirmativo —dijo Campeona. Sonaba sombría.

—¿Cómo te atoraste? El detector de obstrucción tenía que haber activado el mecanismo de liberación cuando la escotilla se cerró sobre tu pata. La escotilla tenía que haberse abierto sola. Quizá después del accidente que perforó el casco e hizo a la tripulación abandonar la nave, y de que reventamos los motores, algunas cosas de *Laika* dejaron de funcionar como quisiéramos. ¿No, Campeona?

No obtuvo respuesta.

—¿Campeona?

Nada.

Así que Ladito la mordió otra vez.

—¡AUUUUU! —ladró Campeona—. ¿Qué *rayos* te pasa?

—Perdón, pensé que estabas muerta otra vez.

—Pues deja de morder a un perro que parece muerto.

—Pues deja de desmayarte. Bueno, pensemos en el problema. El mecanismo de apertura no funciona, así que hay que repararlo.

—O podrías obedecer, tomar el saco de PUA y volver al domo.

—No.

—¿Al menos sabes lo que es una orden?

—Soy un Perronauta, claro que lo sé. Ahora, ¿cómo llego al mecanismo de apertura? Ojalá Bicho estuviera aquí.

—Bicho está en el domo, con Margarita. Donde tú deberías estar.

—¡Claro, el domo! Una vez ayudé a Roro a reparar una escotilla atascada en el domo agronómico. Los mecanismos de apertura usan lubricante grado cuatro, que huele a... —la nariz de Ladito se agitó mientras oteaba el aire— ¡aceitunas!

Siguió el olor hasta una consola junto a la escotilla.

—Sip, definitivamente huele a aceituna.

—El mecanismo está detrás de la pared, Ladito. Nunca vas a llegar.

Ladito la ignoró y empezó a rascar la pared. Los terrier eran buenos cavadores. Eran criados para seguir roedores a sus guaridas y escarbar la tierra hasta encontrar a su presa. Y ahora, el mecanismo de apertura en la pared era su presa, y Ladito no renunciaría hasta encontrarlo. Campeona no moriría en un corredor sin aire. Sobre todo cuando había sido culpa de Ladito que estuviera allí. Los motores habían explotado por algún interruptor quemado o empalme desconectado. Ladito era el especialista en diagnóstico y solución de problemas a bordo de *Laika*. Debía haber encontrado la falla.

—Ladito, por favor. Vuelve al domo. Esto no es tu responsabilidad. Es mi culpa.

De pronto, a Ladito le gustó hacia dónde iba la conversación.

—No seas tan dura contigo —dijo con gran magnanimidad.

—Yo di la orden de encender los motores. Soy la líder. Estar a cargo significa que eres responsable de todo lo que pasa en la nave, bueno o malo. En especial lo malo. El comandante Lin me lo enseñó.

—Ah, pues es difícil saber qué va a pasar cuando hay un enorme agujero en tu nave.

—Sí —admitió Campeona. Sonaba en verdad deprimida.

—Y mira, tampoco cometes tantos errores. Tu desempeño ha sido bastante bueno.

De hecho, decir eso se quedaba corto. Ladito no recordaba una sola vez que Campeona se hubiese equivocado. A veces daba órdenes que a él no le gustaban, pero nunca eran órdenes equivocadas. Durante el entrenamiento, ella había recibido por lo menos nueve veces más golosinas que Ladito. No le importaba que ella fuera mejor en todo. Sólo le molestaba la distancia que había entre ellos dos, que ella fuera tan superior.

—Campeona —murmuró Ladito—. Campeona, la perfecta.

—¿Cómo que perfecta?

Se sobresaltó al descubrir que lo había dicho en voz alta.

—Perfecta, como, como tú eres. Perfecta.

—No suena a algo bueno, dicho así.

Ahora Ladito se sintió horrible. Para ser un perro enfocado en rescatar a una compañera, estaba bastante ocupado guardándole rencor.

—Claro que perfecta es algo bueno. Perfecta es... bueno, es perfecto.

Campeona no respondió.

Ladito podía percibir que Campeona se debilitaba. Necesitaba aferrarse, Ladito necesitaba mantenerla viva hasta que perforara la pared y reparara el mecanismo de la escotilla.

¿Pero cómo?

¿Qué haría Campeona si Ladito estuviese herido?

Lo mantendría despierto.

—¿Alguna vez te conté que cuando yo era cachorro mi familia me abandonó? Me amarraron a un árbol y llovió y entonces vi la Luna y luego Roro me encontró y así me volví Perronauta. ¿Te he contado eso, Campeona?

—Sí.

Ladito no recordaba haberle contado tanto a Campeona.

—¿En verdad? ¿Cuándo te conté eso?

—Justo ahora.

—Ah.

Entonces un silencio incómodo se acomodó entre ellos.

—¿Quieres escucharlo otra vez?

—No, gracias. Recuerdo la primera vez que me lo contaste.

—Estoy tratando de mantenerte despierta, para que no mueras.

Campeona no respondió.

—¿Campeona?

—Sigo aquí —ladró ella secamente.

—Tienes que seguir despierta, Campeona. Cuéntame *tu* historia.

—No tengo ganas de contarte mi historia.

—¿Prefieres morir?

—Claro que no.

—Entonces mantente despierta y cuéntame —Ladito siguió cavando.

—Fui perra de rescate.

Ladito ya sabía eso.

—¿Y?

Otra pausa. Era obvio que Campeona no quería hablar de eso.

—*¿Y?* —insistió Ladito.

—Y me entrenaban para encontrar campistas y exploradores en el bosque. Amaba el bosque —su voz sonaba distante—. Había cascadas blancas espumosas, y fuentes tan claras que podías pararte en la orilla y contar las piedras del fondo. Y tantos árboles... Si olieras el aroma de esos árboles, Ladito.

Ladito trató de imaginarlo, rascando en ese espacio estrecho inundado de aire rancio y olor a heridas y miedo.

—Era sólo una cachorra entonces. Casi de mi tamaño actual, pero sólo una cachorra. Era torpe de patas, pero podía correr durante días enteros. Jamás renunciaba a un rastro. Podías intentar distraerme con el hedor acre de un alce muerto e incluso así no llegaba a distraerme. Era la mejor de mi grupo.

—Claro que lo eras.

Campeona lo ignoró. O quizá no lo había oído. Tal vez ya estaba hablando sola.

—Una tarde mi entrenador me sacó de la perrera y me hizo olfatear una chamarra azul. Me dijo que era de un niño que se había alejado del campamento de su familia. Llevaba horas perdido, y pronto se haría de noche, y hacía frío y ni siquiera tenía esa chamarra para abrigarlo. El bosque era peligroso. No tanto como el espacio, pero lo suficiente para matar a un niño humano en una sola noche. Así que mi entrenador y yo nos unimos a la búsqueda. Había que cubrir mucho terreno, y había muchos olores. Ciervos, tejones, zorrillos, lo que imagines. Pero lo hice, Ladito. Encontré el rastro. Apenas un hilillo tenue, pero lo bastante fuerte para poder seguirlo.

—¿Entonces encontraste al niño?

—Ya estaba oscuro entonces, no había luna y todos los caminos eran traicioneros. Yo jalaba mi arnés tratando de seguir el rastro, pero mi entrenador me retenía. Me dijo que ya habíamos hecho todo lo posible esa noche, que teníamos que volver a la base y esperar el amanecer.

Los ladridos de Campeona se desvanecían, y Ladito ladró su nombre para mantenerla despierta y hablando.

—¿Campeona? Así que volviste a la base y esperaron el amanecer. ¿Y qué pasó después? ¿Encontraste al niño? ¡Campeona!

—No —continuó, sobresaltada. Se había desmayado un breve momento—. No, no volví a la base. Me separé de mi entrenador. Sabía que el niño estaba cerca. Sabía que podía encontrarlo. Si esperábamos horas a que saliera el sol, ¿quién sabía lo que podría pasarle? Te digo que era una noche fría, y el pequeño no tenía ni su chamarra para cubrirse.

—Desobedeciste a tu entrenador —dijo Ladito, anonadado.

—Desobedecí una orden directa —admitió Campeona. Ladito podía oír su vergüenza.

—Pero encontraste al niño, ¿cierto? Salvaste su vida, así que fuiste la heroína.

Las garras de Ladito se habían desgastado de cavar, pero el trabajo empezaba a dar frutos al fin. Había arañado muescas en la pared en las que podía escurrir los dientes. Mordió las muescas y cerró las fauces tan fuertemente como pudo.

—El niño no estaba en peligro —dijo Campeona con el atisbo de un gruñido—. Era un voluntario, todo había sido un ejercicio de entrenamiento. Si hubiera regresado con mi entrenador, como se me ordenó, me hubieran rascado y acariciado. Me hubieran dado premios, y me hubiera ganado mi certificado de perra rescatista. Pero los perros desobedientes no sirven. No quieren perros con iniciativa.

El panel ya estaba cediendo pero la faena era agotadora. No había suficiente aire. Ladito sentía punzadas heladas en el cráneo, y le dolían los pulmones. Si él se sentía así de mal, sabía que para Campeona era peor.

Soltó el panel para tomar aire y preguntó:

—¿Y entonces qué fue lo que pasó? —y retomó el esfuerzo, mordisqueando el panel moviendo el cuello atrás y adelante como si quisiera romperle el cuello a una rata atrapada.

—Roro fue lo que pasó. Buscaba perros. Perros que pudieran resolver problemas sin necesitar siempre de un entrenador. Perros que *no* siempre siguieran órdenes. Perros con iniciativa. Perros como tú.

Ladito arrancó el panel. Lanzó un aullido de emoción y examinó el mecanismo, una caja negra del tamaño de los naipes con los que la tripulación se entretenía de vez en cuando. Una manguera blanca colgaba cerca de ahí, goteaba un fluido que olía a aceitunas. La manguera era más o menos del mismo grosor que el enchufe metálico al lado de la caja.

—Encontré el problema —reportó—. Puedo arreglarlo. Creo.

Mordió la manguera suavemente, tratando de no tragar el fluido que le goteaba hacia el hocico. El lubricante de grado cuatro podía oler a aceitunas, pero tenía un sabor mucho más desagradable.

—No hay tiempo —dijo Campeona, su voz se había reducido a un tenue carraspeo—. Escúchame. Soy tu comandante y te ordeno que regreses al domo.

Ladito no se molestó en responder. Campeona no necesitaba un perro que siguiera órdenes. Necesitaba uno con iniciativa. Casi acababa de decirlo ella misma.

Ladito insertó la manguera en el enchufe. Se produjo un sonido de *glup glup*, luego un murmullo, y entonces un CLANK sorpresivo, y finalmente un glorioso SHRRRUFFF cuando la escotilla se elevó y liberó la pata de Campeona.

Ladito soltó un ladrido de celebración.

Campeona sólo lo miró a través de sus párpados entrecerrados.

—Todavía hay mucho camino de vuelta al domo. Y todavía estamos perdiendo aire. Y estoy segura de que tengo la pata rota. Ve, Ladito. Vete ya.

—Estoy desobedeciendo tu orden.

—Propio en ti.

—Sí —respondió Ladito, lamiéndole la pata herida—. Y en ti también.

Las primeras horas en el domo agronómico fueron un momento de curación, pero no de descanso. Margarita limpió las heridas de Campeona con su lengua y arrancó pedazos de un muro agrietado para fabricar una tablilla. Resultó que era buena para los primeros auxilios. Mientras, Ladito y Bicho trataban de calcular cuánto tiempo podrían resistir en el domo.

Bebían agua directo de las mangueras de irrigación. La comida era sólo el reducido suministro de Porciones Universales de Alimento que quedaba. Ladito había decidido arrastrar, empujar y arrear a Campeona todo el camino, en lugar de traer el último paquete de PUA por el que Campeona había arriesgado la vida. Se permitió una mirada culpable a las hileras de cultivos, donde había cavado un nido poco profundo para los huevos y lo había dotado con baterías de calefacción que había robado de los suministros médicos.

Pero antes de que no hubiera más agua y comida, iban a carecer de energía eléctrica. Habían vuelto a encender una de las lámparas solares, pero sólo lo necesario para alumbrar tenuemente y dotar al domo de un poco de calor.

Usando el lomo de Ladito como banco, Bicho escaló a la consola principal del domo. Pasó unos minutos examinando las lecturas, y Ladito pudo notar que no le gustó lo que veía.

—Las buenas noticias primero —comenzó Bicho—. Casi todos los sistemas del domo son independientes del resto de la nave. Lo diseñaron de modo que cuando se desprendiera para aterrizar en Escalón, siguiera funcionando. Tenemos gravedad, y los recicladores de aire del domo funcionan. Mientras no salgamos, tendremos aire.

—¿Y las malas noticias? —intervino Campeona, cojeando hacia él.

—Lo esperado. Estamos utilizando las baterías. El plan de la misión consistía en que cuando llegáramos a Escalón y el domo se separase de *Laika,* las baterías lo mantuvieran funcionando hasta que las celdas solares empezaran a absorber la energía del sol en Escalón.

—Y aún estamos demasiado lejos de la estrella para absorber energía —dijo Ladito, ahorrándole a Bicho el resto del discurso.

La mirada de Campeona era firme, pero su cola permanecía lánguida.

—Habrá que ahorrar baterías. Energía mínima absoluta de ahora en adelante. Quizá... de algún modo... se nos ocurra una manera de acercarnos más a la estrella.

—Tenemos que mantener la temperatura del domo o nos congelaremos —replicó Bicho—. Necesitamos gravedad, porque el domo no está diseñado como entorno de gravedad cero. No existen correas ni agarraderas suficientes para evitar que flotemos de aquí allá todo el tiempo.

Campeona lo miró.

—¿Qué más podemos apagar para ahorrar energía?

—Los refrigeradores —dijo Bicho, bajando la cabeza para no encontrarse con la mirada de Ladito—. Consumen muchísima energía. Ahorraríamos cuantiosa batería si los apagamos.

Ladito sintió que le subía el calor a la cabeza. Una cosa era perder los cultivos, pero esto era demasiado. Los refrigeradores mantenían vivos los embriones de corderos, cabras, cerdos y vacas. Cuando *Laika* aterrizara, debían ser parte tan importante de la instalación como los cultivos y la tripulación.

—Si apagas los refrigeradores perdemos el ganado —dijo—. Las vacas, las ovejas, todo.

Las orejas de Bicho se aplastaron.

—¿Prefieres perder a Campeona y Margarita?

Margarita miró de un lado a otro, de Bicho a Ladito.

—Bicho —dijo Campeona, bajando la cola con pena—. Ve y apaga los refrigeradores.

Bicho se encaminó y de pronto Ladito estaba frente a él, su hocico arrugado en una mueca feroz. Sintió que los viejos instintos lo dominaban. Un impulso de resolver esto con los dientes, de prenderse de la mandíbula de Bicho y derribarlo, de arrancarle la garganta como haría con las tripas de una rata.

Un poderoso ladrillo lo hizo regresar.

—¡Basta!

No había sido Campeona. Era Margarita.

Estaba bailando nerviosamente, su cola un borrón agitado.

—No peleen. No hay que pelear. Somos manada. ¿Acaso no lo somos ya?

Su exaltación fue suficiente para sacarle a Ladito el impulso violento, aunque las patas seguían temblándole de coraje.

—Claro que somos manada —dijo Campeona con tranquilidad—. Por supuesto que sí. ¿Y si... y si votamos?

El corazón de Ladito seguía martillando, pero sus músculos se relajaron un poco.

—Bien —dijo Bicho —. ¿Ladito?

—Aclaremos qué se está decidiendo —comenzó Ladito—. No es sólo apagar los refrigeradores o no. Desde el principio, la misión era establecer un puesto de avanzada en el planeta. Creo que la votación debería decidir si seguiremos intentando completar la misión o no. Los Perronautas son perros que completan la misión. Estamos votando si seguimos siendo Perronautas. Y si no somos Perronautas, sólo somos una pandilla de perros extraviados.

Ladito no podía oler la expresión de Campeona. Ni siquiera podía percibir su olor.

—Entonces votemos —dijo ella.

Bicho plantó las patas en cubierta:

—Bien, hablaré primero. No podemos completar misión alguna si morimos. Voto por apagar los refrigeradores.

—Y yo voto por mantenerlos encendidos —ladró Ladito en respuesta.

Margarita bajó la cola y la cabeza.

—¿Tengo que votar?

—No —dijo Campeona.

—Entonces no quiero. Es… es demasiado.

Campeona daría el voto definitivo. Ladito sabía que tomaría la decisión difícil, la que él iba a odiar, pero también la que ofrecía una mayor esperanza de mantenerlos con vida. Y sabiendo eso, Ladito se sintió como un cachorro abandonado, amarrado a un árbol en la lluvia. Había llegado tan lejos, miles de millones de kilómetros a través del espacio, sólo para terminar justo donde había empezado.

Campeona adoptó una postura dominante. Aun herida, hambrienta, golpeada y exhausta, logró verse magnífica. Tomó aire, y Ladito se preparó a despedirse de la misión.

—Voto por dejar encendidos los refrigeradores y mantener a los animales con vida. Es lo correcto.

Ladito la miró con incredulidad.

—Pero... hace un minuto ordenaste a Bicho que los apagara.

—Ordené a Bicho hacerlo porque no tuve el valor de hacerlo yo misma. De esa manera supe que no debe hacerse.

Bicho relajó su postura. Se acercó a olisquear el trasero de Ladito, para que la paz entre ellos se hiciera oficial.

—Está decidido —continuó Campeona—. Veré si hay algo aquí que podamos usar de cama. Estoy cansada de dormir en la fría cubierta —dijo, y se alejó cojeando.

Ladito estuvo a punto de dejarla ir, pero Campeona se equivocaba. Las cosas no estaban resueltas. No mientras Ladito siguiera guardándole un secreto.

—Espera —comenzó—. Hay algo que quiero mostrarte.

La guio a las hileras de cultivos, donde un cobertor térmico plateado cubría los huevos.

—Bien —dijo Campeona, sin entender—. Tenemos una manta para dormir...

Ladito tomó una esquina de la manta en el hocico y la retiró para revelar las baterías de calefacción. Campeona inclinó la cabeza, aún sin entender, hasta que Ladito hizo las baterías a un lado.

Allí, a salvo y calientitos en tierra, estaban los seis huevos que había rescatado del nido.

Inclinó la cabeza y metió la cola entre las patas.

—Te he ocultado estos huevos. He sido un perro malo.

Campeona miró de Ladito a los huevos y de regreso. Torpe y dolorosamente con su pata entablillada, se echó al suelo y empujó los huevos gentilmente con la nariz.

—Pollitos —dijo al fin— ¿Saben de esto Bicho y Margarita?

—No los culpes. Yo les pedí que no te dijeran.

—Rff.

—Por favor, no nos ordenes comerlos —suplicó Ladito, empezando con un ladrido lastimero que se convirtió en un agudo gemido de súplica.

Campeona permaneció un buen rato en silencio. Al fin, dijo:

—Los dejaremos empollar.

—¿Y después?

—Les ayudaremos a crecer.

Ladito sacudió la cola y rodó para ofrecer su barriga en agradecimiento.

—No me agradezcas. Criar pollos era parte de la misión. Ya que decidimos seguir siendo Perronautas, tenemos que seguir haciendo todo lo posible para cumplirla.

—Pero yo debí confiar en ti —dijo Ladito—. No debí haberte ocultado nada. Eso no hacen los Perronautas.

—Rff —fue la única respuesta de Campeona. Miró los huevos y luego alrededor. Miró en todas direcciones menos donde estaba Ladito. Cuando se levantó y se marchó cojeando, Ladito notó que llevaba la cola entre las patas.

La manada se amontonó en una lona de plástico que les sirvió como cama. No era mucho, pero era mejor que dormir sobre la fría cubierta o en la tierra helada de la granja. Para mantenerse alegres, escuchaban historias de *El gran libro de los perros* de Roro. Ladito seguía esperando encontrar la manera de leer la historia completa de Laika, la primera perra en surcar el espacio exterior, en alguna parte de la memoria del libro.

Habían oído todas las otras historias muchas veces, y se conformaron con repetir sus favoritas, como la historia de Bobbie, el Perro Maravilla.

Antes de ser el Perro Maravilla, Bobbie sólo era un collie mestizo, perteneciente a la familia Brazier de Silverton, Oregon. Cuando los Brazier cruzaron el país en un viaje a Indiana, trajeron a Bobbie consigo. Fue una aventura divertida. A Bobbie le gustaba sacar la cabeza por la ventana del vehículo de la familia, y oler el aire con aroma a flores, hierba de la pradera y arena del desierto tostada por el sol.

El mundo estaba lleno de más maravillas de las que Bobbie había soñado jamás, y la familia estaba feliz de haber decidido traerlo.

Hasta que llegaron a una despachadora de combustible en Colorado, donde tres perros callejeros agresivos emboscaron a Bobbie. Aunque Bobbie huyó, a los Brazier no les preocupó. Estaban seguros de que estaría bien, y de que volvería.

No volvió.

Tal vez aparecería en la casa del pueblo en la que los Brazier se hospedaban.

No llegó.

Entonces los Brazier lo buscaron. Preguntaron a los lugareños si alguien lo había visto. Pusieron avisos en las noticias impresas en papel. Pero nadie sabía nada de Bobbie.

Pasaron los días, y finalmente los Brazier tuvieron que hacer el viaje a casa sin su perro. Sabían que nunca volverían a verlo.

Pero Bobbie no sabía eso.

Caminó.

Siguió los más débiles rastros del olor de los Brazier, y el aroma de su vehículo. No tenía modo de saberlo, pero cada noche los Brazier paraban a recargar combustible, dejando atrás algunas moléculas de olor.

Y cuando encontraba esos rastros, Bobbie seguía adelante.

Cruzó ríos a nado. Caminó por carreteras abandonadas, Cruzó pasos de montaña a través del frío del invierno y las tormentas de nieve.

Seis meses después, la hija de los Brazier caminaba por la calle de regreso en Silverton. Y ahí, a medio país de donde lo habían perdido, vio a Bobbie. Estaba flaco, hambriento, con las patas lastimadas y las uñas desgastadas. Pero Bobbie corrió hacia ella, gimiendo y ladrando de emoción, la cola se sacudía vigorosamente formando un borrón. Esa noche Bobbie se dio un festín de filete y crema batida, de vuelta con su familia.

En total, había caminado 4,000 kilómetros, en el peor clima, sobre terreno agreste, sin más que un buen olfato y un deseo avasallador de reunirse con su familia.

La mañana siguiente a que los Perronautas escucharon la historia de Bobbie, el Perro Maravilla, del libro de Roro, *Laika* había completado 1,400 billones de kilómetros de recorrido.

Para igualar esa distancia, Bobbie el Perro Maravilla tendría que repetir su viaje 350,000 millones de veces.

13

Un chillido ensordecedor, como un colmillo rascando metal, despertó a la manada con un sobresalto.

Ladito se incorporó en cuatro patas en un instante.

—¿Qué fue eso?

Campeona se encogió y se esforzó por levantarse con la pata herida, pero Margarita usó gentilmente su peso para mantenerla recostada.

Los cuatro perros olfatearon con las narices agitadas, tratando de percibir la fuente del ruido. Fuera de los olores de alarma que salían de él y de sus compañeros, Ladito no sintió nada fuera de lo normal. Pero cuando miró el domo, notó una línea blanca delgada en el techo transparente, como una cicatriz. El chillido aulló otra vez, y la cicatriz se alargó.

—Hay una grieta en el domo —dijo con una sensación de terror y sorpresa.

Bicho gruñó:

—Si las vigas de soporte del domo se pandearon, los paneles de plastiacero han estado bajo presión desde entonces. Supongo que tenemos suerte de que el domo no se haya cuarteado antes.

—Esto no parece suerte —añadió Margarita.

Parecía cruel que pasara. Habían sobrevivido al abandono de la tripulación, habían sobrevivido a una brecha en el casco y a una explosión de los motores. Pero si el domo se quebraba, era el final. Estaban muertos.

Campeona empujó a Margarita a un lado y se incorporó temblorosa.

—Sugerencias.

—Los refrigeradores —dijo Ladito—. Podemos ocultarnos ahí.

Campeona sacudió la cola.

—No son herméticos. Si el domo se rompe, estaremos igual de muertos ahí dentro que aquí.

—Eso sin contar que nos mataría el frío —señaló Bicho.

—La esclusa secundaria entonces —sugirió Ladito. Pero en cuanto el ladrido salió de su hocico, supo que no era la solución. La esclusa secundaria era un espacio muy estrecho, apenas suficiente para un fido y dos perros, allí no cabrían cuatro. Y tampoco habría suficiente aire.

Llegó otro chillido del techo, provocando en Margarita un ladrido de espanto.

Ladito inclinó la cabeza para mirar la fisura en la cima del domo.

—Quizá podamos sellarla con espuma de emergencia. Sólo tenemos que pensar cómo llegar ahí.

—¿Llegar ahí? —atajó Bicho—. El techo está a quince metros sobre la plataforma.

—Yo lo haré —dijo Margarita. Brincó, pero sólo se elevó medio metro en el aire—. Sólo necesito práctica.

—¿Y si hacemos algo, como… como un cañón? —propuso Bicho—. Un cañón de perros. Y usamos el cañón de perros para dispararme al techo con un tanque de espuma de emergencia.

El muñón de cola de Bicho vibró. Le encantaba su idea.

Campeona bajó la mirada para encontrar la de Bicho.

—¿Sabes hacer un cañón de perros?

—La verdad, no.

—¿Alguien sabe hacer un cañón de perros?

Ninguno de los perros habló, aunque Ladito admitió que la idea de disparar a Bicho de un cañón tenía su encanto. Pero necesitaban una idea asequible y la necesitaban ya.

—¿Y si apagamos la gravedad? —dijo Campeona—. Uno de nosotros podría flotar al techo con un tanque de espuma de emergencia.

Margarita dio otro salto galopante.

—Apuesto a que puedo saltar muy alto sin gravedad —rodó de espaldas y se agitó contra la tierra con entusiasmo—. ¡Yo puedo hacerlo! ¡Puedo salvarnos! ¡Déjame salvarnos!

Olía a fertilizante y estaba babeando otra vez, pero Ladito comprendió que sus vidas dependían de ella.

Los tanques de espuma de emergencia estaban hechos para colgarse de un hombro humano con una correa, y funcionaban con una manguera de mano.

—Margarita tiene el tamaño necesario para cargar el tanque —secundó Ladito—. Y otro de nosotros tendrá que apuntar y controlar la manguera.

Campeona asintió:

—Margarita y yo lo haremos, entonces.

Los otros tres perros la miraron con su pata rota. Dejó caer las orejas; había entendido el mensaje. No estaba en forma para una misión en gravedad cero. Sólo Bicho o Ladito podrían llevar la manguera.

Campeona tomó su decisión:

—Bicho, encárgate de los controles de gravedad. Margarita, Ladito, el resto depende de ustedes. ¿Afirmativo?

—Afirmativo —dijeron todos al unísono.

Margarita lo dijo con gran alegría, su trasero sacudía la cola con tanta emoción que si hubieran podido aprovechar esa energía no habrían tenido que preocuparse de que se acabara la batería y se apagara el motor.

Rodó uno de los tanques de espuma justo debajo de la fisura del domo; luego metió la hogaza de pan que tenía por cabeza por el hueco de la correa y la deslizó a través de ella.

Ladito examinó la manguera. Tenía un extremo de metal con una palanca. Tendría que operarla sosteniéndola en su hocico para activar la palanca cuando la mordiera. Su hocico era fuerte pero no grande, iba a ser difícil.

Perdieron preciosos minutos preparándose, pero era necesario. Aunque el domo podía romperse en cualquier momento, sólo tenían una oportunidad de lograr esto, y estrellar sus cuerpos contra la grieta o golpearla con el tanque sería un error fatal.

—A sus puestos —ordenó Campeona.

Ladito envidiaba su tranquilidad. Parecía tan serena, como siempre.

Bicho usó el lomo de Campeona para acercarse a los controles.

—Cuando apague la gravedad, sólo tienen que brincar —explicó Bicho.

Margarita le dirigió una mirada muy seria:

—No vayas a encender la gravedad hasta que regresemos al piso. Porque si lo haces, Ladito y yo nos caeríamos desde lo alto del techo y nos aplastaríamos en la cubierta y serías un perro muy, muy malo. ¿Afirmativo?

—Afirmativo —respondió Bicho, levantando una de sus rechonchas patas blancas sobre el control de gravedad—. Aquí vamos. A la cuenta de tres. Una. Dos. Tres.

Bicho bajó la pata.

Al principio, Ladito no sintió nada diferente. Pero entonces su oreja inclinada, la que siempre le colgaba sobre el ojo como una hoja marchita, se levantó lentamente.

—Ladito —dijo Margarita, asombrada—. Ya no eres *ladito*.

—Olvida eso —ladró Campeona—. ¡Salta!

Margarita dio un poderoso salto, y los dos se dispararon hacia arriba como globos de helio hinchados.

Por reflejo, Ladito pataleó como si se pudiera nadar por el aire. Pero de nada servía. Su curso era inamovible, y no podrían detenerse o cambiar de dirección hasta tocar el techo.

Miró hacia abajo. Estaban muy arriba. Los cultivos muertos en el campo parecían líneas de marrón oscuro. Bicho parecía un conejillo de Indias. Hasta Campeona se veía pequeña desde arriba, con su pata trasera recargada en el pedestal de los controles para no despegarse flotando.

Ladito y Margarita siguieron flotando hasta que la espalda de Margarita tocó el domo. Segundos después, la cabeza de Ladito hizo lo propio.

—¡Llegamos! —ladró Margarita—. ¡Lo logramos!

—Buenos perros —respondió Campeona.

Habían llegado a un punto varios metros delante de la grieta.

Margarita ladró orgullosa, pero Ladito ni siquiera gruñó, para no soltar la manguera. Sólo se quedó quieto y tieso.

La parte siguiente de la misión era una operación delicada. Margarita usó su cola y su trasero para arrastrarse suavemente contra el domo y girar de modo que sus patas tocaran el techo. Tendría que mantener el contacto suficiente para caminar y llegar hasta la grieta. Si usaba demasiada fuerza, se empujaría lejos del techo.

—Ahí voy —exclamó Margarita, con una certeza que Ladito no compartía.

Otro chillido de cristal cuarteado casi sacó la PUA del desayuno de Ladito a flotar en gravedad cero.

Margarita dio un paso cuidadoso tras otro. Se las arregló para acercarlos a la grieta sin alejarse del domo, lo cual estuvo muy bien. Lo malo era que hasta sus pasos cuidadosos podían cambiar la postura de Ladito. Su cuerpo giró y acabó dando la espalda a la grieta.

Margarita movió una de sus patas traseras y golpeó a Ladito en el trasero. La patada fue grosera, pero logró su cometido, Ladito giró, y cuando su nariz apuntó a la grieta, Margarita lo pateó de nuevo para que no girara más.

—Ahora te voy a morder —sentenció Margarita.

Ladito lanzó un gruñido de advertencia, pero Margarita lo ignoró. La gran danesa le mordió el trasero, con mucha fuerza. Aquella prensa no perforó la carne de Ladito, pero vaya que dolió.

Aunque lo hizo enojar, Ladito entendió que Margarita sólo intentaba sostenerlo. Porque en cuanto apretara la manguera, la espuma actuaría como la propulsión de un cohete y lo lanzaría hacia atrás como a un misil fuera de control.

Ladito cerró las mandíbulas sobre el mecanismo de la manguera. La espuma salió con fuerza repentina, empujando a Ladito y a Margarita hacia atrás. Algunas plastas lograron entrar en la fisura, pero la mayor parte salpicó en todas partes excepto donde Ladito quería.

Se produjo otro horrible chillido que entumió a Ladito hasta los huesos, y con gran terror vio la grieta crecer algunos centímetros más. Peor que el chillido fue sentir un frío susurro. El sonido inconfundible de una fuga de aire. El pelaje en su rostro se agitó con una brisa evidente. La grieta estaba creciendo, el aire estaba escapando, y Ladito estaba bastante seguro de que todo el domo iba a colapsar pronto.

Mordió la manguera con más fuerza, apretando la palanca y disparando espuma de emergencia sin pensar adónde. Sólo tenía que sacar la espuma del tanque, toda, completa, ahora mismo.

Le dolió la mandíbula y se agitó al final de la manguera, pero logró aferrarse a ella.

La manguera comenzó a escupir la espuma en vez de rociarla hasta que finalmente el tanque quedó vacío. Entonces, con otro chillido, la grieta creció aún más.

Las uñas de Margarita arañaban la superficie de plastiacero mientras pataleaba en busca de algo, lo que fuera, para aferrarse en tanto la succión los acercaba a la grieta. Pero además de a Ladito y Margarita, el aire que escapaba conducía plastas y bultos de espuma rociada. Ladito había contado con eso. La espuma empezó a amontonarse sobre la grieta, y cada plasta que la tocaba se quedaba ahí adherida.

—Buen perro —ladró Margarita, entendiendo lo que Ladito había hecho.

Más espumarajos pasaron flotando, y los Perronautas los dirigieron con patas, narices y colas hasta encontrar la grieta.

Finalmente, la espuma cubrió la fisura y empezó a endurecerse.

El siseo de aire se detuvo.

La grieta quedó sellada.

Ladito y Margarita compartieron una sonrisa silenciosa y sin aliento.

La lengua babeante de Margarita colgaba de su hocico con alegría.

—La siguiente galleta que reciba será para ti —dijo Ladito.

—¡De acuerdo! Te diría que la compartiéramos, pero ahora mismo muero de hambre.

—¿Sí entiendes que no tenemos galletas? Estoy hablando de galletas imaginarias.

—Qué tacaño eres, entonces, al darme sólo una.

Ladito no pudo rebatir semejante acusación.

—Prepárate para aterrizar —ladró.

Margarita encogió el cuerpo y estiró las patas, alejándose del domo.

Descendieron lentamente, como globos que habían perdido helio, y Ladito se preparó para un aterrizaje suave.

Y entonces la gravedad regresó. Ladito sintió que una pata enorme aplastaba su barriga, y el último metro lo vivió en caída libre.

Ladito bajó sobre Margarita, y permaneció encima de ella un momento, mientras recuperaba el aliento.

—*Auu* —aulló Margarita.

Bicho se acercó y le lamió la nariz.

—Perdón, creo que calculé mal el momento de encender la gravedad de nuevo.

—*Auu* —coincidió Margarita.

Mirando la reparación, Ladito no creyó que aquella plasta de espuma seca fuera suficiente para salvarlos. Sólo habían parchado otro problema. Tal vez aquello sólo duraría algunas horas o unos pocos minutos. Pero justo ahora, en este momento, la manada seguía con vida. Ladito dejó caer la cabeza en cubierta y se permitió sentirse orgulloso por eso.

Ladito se imaginó que dormía junto a un acuario gigante. E imaginó que se cuarteaba el vidrio. Y lo único que reparaba la cuarteadura era una plasta de crema dental seca. Y nadando en la pecera había un banco de tiburones comeperros, medusas venenosas y anguilas eléctricas. Y las anguilas tenían ojos láser, porque ¿por qué no? Muerte, mutilación y ojos láser, y sólo la crema dental los mantenía a raya.

Afuera del domo, la estrella HD 24040 brillaba débilmente como una mota de ceniza. La nave seguía viajando por el pálido empuje del motor de pulso, pero la ignición había sido muy breve. Nadie sabía a qué distancia estaban exactamente de Escalón. El domo de agronomía no tenía más que sensores de corto alcance, suficientes para revisar el planeta desde la órbita o encontrar un sitio seguro de aterrizaje, no para cubrir miles de millones de kilómetros de espacio vacío. Bicho intentaba aumentar su alcance, y todos los demás intentaban conservar la esperanza. Iba a requerir un milagro llegar al planeta, y todos tenían la tarea de sobrevivir lo suficiente para que ese milagro ocurriera.

Pero no podían trabajar todo el tiempo. Su prioridad era que los recursos del domo duraran tanto como fuera posible, y durar ellos mismos tanto como fuera posible. Eso requería periodos de descanso obligatorio, para conservar energía.

Margarita se acurrucó lo más que pudo, metiendo la nariz bajo la cola.

—¿Qué es lo que más te ilusiona de Escalón? —preguntó.

Bicho estaba arropado junto a Margarita.

—El ganado —respondió—. Digo, yo sé que sólo tenemos dos embriones de vaca en el congelador, y dos vacas no cuentan como verdadero ganado, pero si tienen bebés tendremos más vacas. Quiero cien vacas.

—Ésas son muchas vacas —dijo Margarita.

Bicho bufó.

—Lo llevo en la sangre, puedo con ellas. Los corgi pastoreamos vacas mordiéndoles los talones para mantenerlas alineadas, y soy bueno para morder talones.

Ladito sintió una ola de sentimientos cálidos por Bicho. Apenas habían discutido por la decisión sobre los refrigeradores el día anterior, pero eso ya se sentía como un recuerdo lejano.

Ladito trepó al lomo de Margarita y se hizo un ovillo sobre ella, como betún sobre un bizcocho. Ladito, que subía y bajaba con la respiración de ella, le preguntó:

—¿A ti qué te ilusiona, Margarita?

—Quiero correr. No como aquí, que me resbalo y me estrello con cosas. Quiero un espacio enorme en el que pueda correr y correr y correr más, tan lejos y tan rápido que ni siquiera lo piense. Correr.

Ladito cerró los ojos. Podía imaginarla, sus patas llevándola sobre el suelo como un caballo al galope. Esperó que Margarita tuviera oportunidad de correr en Escalón. Que tuviera oportunidad de madurar y dejar su timidez de cachorra bajo un cielo nuevo.

—¿Y tú, Campeona? —preguntó Ladito.

Seguro iba a decir que le ilusionaba cumplir la misión, o rescatar gente. Algo que diría un líder. Pero Campeona golpeó la cubierta con la cola.

—Quiero nadar.

Ladito aspiró sorprendido. Odiaba el agua. El agua siempre le quitaba el olor. Lo único bueno de que Roro y los tripulantes los hubieran abandonado era que no había tenido que bañarse desde la hibernación.

—Soy una retriever —continuó Campeona—. Fui criada para saltar al agua y nadar. Hay agua en Escalón, y voy a nadar en ella todos los días.

—Qué lástima que hayamos tenido que racionar el agua aquí —dijo Bicho—. Podríamos llenar una tina para ti.

Campeona ladró una risita.

—Gracias, Bicho. No sería lo mismo.

Suspiró, y Ladito se dio cuenta de que estaba sumida en sus reflexiones.

—¿A ti qué te ilusiona, Ladito? —dijo después de un buen rato.

Ladito no sabía qué decir. La vida en Escalón no sería fácil. Tendrían que cultivar su propia comida. De vez en cuando enfrentarían ciclones y tormentas feroces. Y se presentarían toda clase de riesgos desconocidos también. Pero al menos en Escalón no tendría miedo de que el cielo se quebrara y perdiera su atmósfera. No sentiría hambre a diario. No tendría frío todo el tiempo. Estaría en casa.

—Espero que haya ratas.

La manada quedó en silencio. Ladito escuchó sus respiraciones, y los débiles sonidos de los sistemas del domo. Pensaba que era el único despierto, cuando Margarita soltó un breve gemido.

—Seguro nunca llegaremos, ¿verdad?

No, seguro que no, pensó Ladito.

Pero no dijo eso.

—De algún modo llegaremos. Vas a correr, Margarita. Y Bicho va a pastorear enormes rebaños de ganado, y Campeona nadará otra vez. Llegaremos a casa. Así que hay que estar listos para el aterrizaje —dijo en cambio.

Campeona se lamió la pata:

—Así es.

—Así es —coincidió Bicho.

—Así es —exclamó Margarita con la lengua colgante y feliz.

—Así es —repitió Ladito.

15

ALERTA. COLAPSO DEL NÚCLEO DE SINGULARIDAD INMINENTE. ALERTA. COLAPSO DEL NÚCLEO DE SINGULARIDAD INMINENTE.

Ladito se irguió frente a la consola de control y miró las letras rojas parpadeantes. Considerando la gravedad del mensaje, la alarma que lo despertó tenía que haber sido una campana terrible y dramática que no dejara ninguna duda de que *Laika* estaba al borde de la destrucción total. En cambio, era sólo un tono insignificante, apenas suficiente para sacarlo del sueño. Los otros tres perros seguían roncando en un solo tapete peludo.

Tal vez se preocupaba demasiado. No sabía realmente qué tan grande era la emergencia, así que saltó de la consola con tranquilidad y en silencio.

—¿Bicho? Bicho, despierta —dijo empujando al corgi con la nariz—. Quiero preguntarte algo.

—Vtedeaquí —gruñó Bicho, agitando su patita regordeta hacia la nariz de Ladito.

—Bueno, es sólo una pregunta. ¿"Alerta: colapso del núcleo de seguridad inminente" es muy grave?

Los ojos de Bicho saltaron de su lugar. Aún adormilado, corrió torpemente hacia la consola.

—¿Y? ¿Es grave?

—¡DESPIERTEN, VAMOS A MORIR! —ladró Bicho.

—Ah, entonces sí es grave.

Campeona y Margarita saltaron como si les hubieran prendido la cola. Corrieron a la consola, y Bicho les dio su informe.

—¿Recuerdan ese núcleo de singularidad inestable que me preocupaba del motor de Teseracto? Pues parece que ya se averió, lo que significa que todo el módulo de ingeniería está llenándose de antigravitones. Eso quiere decir que en unos minutos *Laika* va a explotar.

—Dime que hay buenas noticias —dijo Campeona.

—*Ésas* eran las buenas noticias.

Ladito ya no quería oír las malas, pero Bicho igual las proporcionó:

—Si me equivoco, en vez de una explosión de antigravitatones, el motor del Teseracto va a plegarse en sí mismo, llevándonos a nosotros y a toda la nave con él, y moriremos aplastados como…

—Como bichos —interrumpió Ladito.

—No, menos que un bicho. Menos que un átomo. Más como un punto único, diminuto, casi inimaginable en el espacio. Como ven, lo de la gran explosión es *la mejor* opción.

Bicho ya estaba jadeando de miedo, y la respiración de Ladito se aceleró. Campeona se lamió el hocico.

—¿Opciones?

Los perros se miraron en silencio. Nadie tenía ideas, y mientras el silencio se alargaba la desesperación de su situación se hacía más evidente.

—Podemos refugiarnos en el conducto de basura —dijo Bicho al fin.

Eso no tenía sentido para Ladito.

—Si *Laika* explota o colapsa, seguiremos muertos en el conducto de basura.

—Sí —concedió Bicho.

Ladito gruñó.

—¿Entonces por qué lo sugieres?

—Ya no soportaba el silencio. Bueno, ¿y si usamos a Fido Dos como cápsula de emergencia?

El fido que Ladito había usado para recalibrar la antena de comunicaciones ya no estaba en un área accesible de la nave, pero el Fido Dos estaba en la esclusa secundaria conectada al domo.

Aunque el fido no podía salvarlos.

—Soy el único que cabe en un fido —les recordó Ladito.

—Lo sé, pero mejor que sobreviva uno que ninguno. Sería por unas horas solamente, pero es mejor que nada.

La declaración de Bicho de estar dispuesto a morir a bordo fue un cruel recordatorio de que la tripulación humana había hecho eso exactamente: abandonar la nave con los perros a bordo.

—No abandonaré esta nave sin la manada —Ladito plantó las cuatro patas, retando a quien fuera a tratar de moverlo.

—Afirmativo —secundó Campeona.

Casi había pasado un minuto entero, y seguían sin estar cerca de una solución.

—¿Alguna idea? —insistió Campeona—. ¿Margarita?

Que esperaran buenas ideas de parte de Margarita ya era señal de que la situación realmente era desesperada. La gran danesa escupió su pelota:

—¿No se supone que el domo puede desprenderse?

Sí podía, pero no en esta situación. El plan de la misión requería que *Laika* ya estuviera en órbita en torno a Escalón. Sólo entonces el domo podría desengancharse del resto de la nave y usar sus cohetes de descenso para aterrizar suavemente en la superficie de Escalón. Los motores del domo no habían sido diseñados para viajes de larga distancia.

¿Pero qué más podían hacer?

Todos miraron a Campeona, esperando su decisión. A Ladito le dio gusto no ser el perro líder. Podía ver el peso de una elección imposible en el gesto de Campeona. Podía oler su tensión.

Ella clavó los ojos en Ladito. Su mirada era suplicante.

—Decide —dijo Ladito—. Confiamos en ti.

Ella emitió un aroma de agradecimiento, y de pronto era la Campeona de antes. Dio la orden en tono autoritario:

—Separen el domo.

Y la manada comenzó los preparativos.

Separar el domo requería más que encender un interruptor o dos. Era un proceso complicado, y Ladito esperaba recordar su entrenamiento.

Margarita ofreció su lomo como escalera para que Ladito y Bicho treparan hasta los controles. Bicho presionó varios botones, y Ladito algunos más.

—Soltando anclaje —entonó una voz digital.

Un profundo gruñido retumbó bajo la cubierta, seguido de tremendos ruidos mecánicos, el sonido de los inmensos garfios de metal que enganchaban el domo al resto de la nave. CLONK. CRANK. CRARK. WIIIIIISHH. CRONK.

—No me gustó el *cronk* —dijo Campeona.

—El *cronk* es normal —dijo Bicho—. Malo sería que no hiciera *cronk*. Es el *crark* el que me pone los pelos en punta.

Ladito y Bicho siguieron oprimiendo botones. La cubierta vibró con un rumor bajo que se sintió como un terremoto al encenderse los cohetes del domo.

Siguió un gran ruido chirriante mientras los cohetes giraban en la dirección que Ladito los había programado.

—Treinta segundos —dijo la computadora.

Ladito alzó la pata para presionar el último botón.

La dejó alzada.

Tal vez la computadora se había equivocado. Tal vez los sensores se habían averiado y *Laika* no iba a destruirse. ¿Qué estaba haciendo? Estaba a punto de cambiar la nave por un refugio de plastiacero sin casi nada de poder en los motores. Con un solo botón, podía estar matando a la manada.

Bajó la pata y oprimió el botón.

La computadora dijo algo, pero no se oían las palabras sobre el estruendo de los cohetes encendidos. Normalmente, los cohetes se dispararían apenas lo necesario para empujar el domo lejos de *Laika*. En el simulador del entrenamiento había sido apenas una suave sensación de ir a la deriva. Pero la suavidad podía matarlos en esta ocasión. Ladito programó los cohetes para activarse a toda potencia.

La fuerza que sintieron fue como la de ser aplastado por una mano gigante. Los pulmones de Ladito se aplanaron y batallaron para tomar aire. Todo en el domo se sacudió. Los cultivos secos crujieron y se desgajaron como papel viejo. El acero gimió. Los suministros, acomodados y ordenados, cayeron de las repisas.

Con un esfuerzo que le hizo rechinar los dientes, Ladito se obligó a incorporarse para mirar a *Laika* a través del domo. Sus ojos se cruzaron con la grieta reparada. Pedazos de espuma de emergencia se sacudían y caían como nieve.

Vio alejarse a *Laika* mientras el domo avanzaba. La nave no se veía tan mal desde aquí. Ni siquiera la brecha en el casco parecía tan grande. Costaba creer que estuviera tan averiada para que hubieran tenido que abandonarla.

Pero sí.

Se produjo una explosión de luz plateada y tuvo lugar una estela expansiva de brillos, puntos de centella menores a las estrellas. Todo lo que *Laika* había sido se fragmentó en pedazos: el módulo de ingeniería, el puente de mando, las habitaciones de la tripulación. El módulo médico y las cámaras de hibernación. Los paneles del fuselaje, las planchas de cubierta, las consolas de control. Los pasillos y túneles donde Ladito solía buscar ratas. Las sillas y mesas en la galería donde la tripulación compartía sus comidas. Los catres y las almohadas, y los cobertores en los que habían dormido. Las camas y mantas y juguetes en la perrera, donde Roro les leía cuentos. Todo se había ido. Ahora sólo era una colección de basura flotando en muchas direcciones.

Y como no se produce sonido en el espacio, todo ocurrió en silencio.

Los perros también estaban en silencio, sin ladrido y sin aliento, presenciando el fin de su nave.

Y de algún modo, en ese momento, Ladito perdonó a los humanos. No fue sino hasta que fue testigo de la destrucción de *Laika* que entendió lo asustados que debían haberse sentido cuando entraron en la cápsula de emergencia y dejaron la nave atrás. Debieron haber estado desesperados. Debieron haberse sentido muy tristes.

Ladito emitió un aullido, breve y lastimero. No por él, sino por los humanos.

Los escombros de *Laika* persiguieron al domo a través del espacio como una estampida de ardillas furiosas. Un tornillo, o un cuchillo de cocina de la galería, podría golpear el domo y romperlo. Ladito apremió a los cohetes del domo para que dejaran atrás los restos.

—¿Cuánto tiempo seguirán encendidos los cohetes? —preguntó Campeona.

—Hasta que agoten el combustible —dijo Bicho.

—¿Y cuánto tiempo será eso?

—No sé. Están hechos para aterrizar en el planeta, no surcar el espacio. Quizás un minuto.

El domo tembló y se sacudió. No avanzaba lo suficientemente rápido. Las ardillas furiosas lo alcanzaban, y Ladito se encogía con cada golpe de los fragmentos de *Laika* que se estrellaban contra el domo.

No era justo.

Pensó en todo lo que había tenido que pasar para llegar a este momento, a este lugar. Tuvo que adoptarlo la familia del hombre y la mujer y el niño que olía a leche con chocolate. El hombre tuvo que abandonarlo en el árbol del parque para que Roro pasara trotando y lo encontrara. Ladito tuvo que trabajar duro y probar que merecía viajar al espacio exterior.

Los cuatro perros habían entrenado tan duro, habían sobrevivido a tantas cosas.

Ahora Ladito pensaba que sobrevivirían.

Más escombros golpearon el domo, dejando pequeñas marcas de grietas blancas en el cristal.

—Somos buenos perros —exclamó Ladito.

Campeona le dedicó una gentil mirada de sus ojos color avellana. Entendió que era una despedida.

—Sí, todos somos muy buenos perros.

—Hasta Margarita —dijo Bicho.

—Hasta Bicho —replicó Margarita.

Se olfatearon los traseros, y esperaron que el domo se quebrara.

El domo no se quebró, y durante todo el día, o la hora, o el minuto siguiente, los Perronautas conservaron la vida. Y ésa era ahora su misión: sobrevivir todo lo que les fuera posible. Si no sobrevivían, no podrían hacer más. Pero ¿y si lo lograban…?

Para ahorrar energía, redujeron la calefacción tanto que sus alientos se helaban, y atenuaron las lámparas solares a niveles nocturnos. Redujeron la gravedad a la mitad.

Y esa parte no estaba tan mal, la verdad. A Ladito le gustaba rebotar por el domo, saltar tres metros en el aire y aterrizar suavemente. Con un buen impulso, Margarita podía cubrir el domo entero en un solo salto. Jugar en el aire a jalar la cuerda y a perseguirse ayudaba a distraerlos de la situación. Campeona los miraba anhelante, deseando unirse al juego, pero su pierna necesitaba más tiempo para sanar.

Siguieron escuchando historias que habían oído muchas veces. Oyeron el cuento de Jade, la pastora alemana que rescató a un bebé abandonado en una bolsa en el bosque. Y sobre Chips, el perro soldado que embistió un puesto de ametralladora para salvar a sus humanos de morir en una ráfaga de balas. Y Smoky, el Yorkshire terrier que hacía gracias para pacientes de hospital, considerado por muchos como el primer perro de terapia.

—¿Creen que algún día cuenten nuestra historia? —preguntó Margarita, acurrucada con los demás en la lona de plástico. Ladito estaba recostado junto a los huevos de pollo para darles calor.

—No —dijo Bicho—, ésa la contaremos nosotros.

Todo siguió en silencio un rato, los cuatro perros dentro del domo frío, flotando a la deriva, hasta que Ladito dijo:

—Pon otra historia.

—Me gustaría que pudiéramos oír el cuento de Laika —propuso Margarita, quizá por milésima vez.

Bicho suspiró:

—A mí también. Por más que trato de encontrar el archivo en la tableta... es inútil. Es como si la hubieran borrado.

Seguía siendo la única historia de *El gran libro de los perros* que no habían escuchado.

Campeona carraspeó.

—Escuchen, sobre la historia de Laika…

En ese momento, Margarita soltó un largo y lastimero aullido. Sobresaltados, los demás perros se levantaron y empezaron a olfatearla en busca de algún daño o malestar.

—Estoy bien —dijo ella, moviendo la cola con tristeza—. Sólo extraño a Roro, es todo.

La cola de Ladito cayó también.

—Todos la extrañamos, Margarita.

La olieron de nuevo y volvieron a acomodarse en su bulto.

Ladito le dio una olfateada adicional a Campeona. Tenía un aroma extraño.

—¿Qué decías de Laika?

Campeona apoyó la mandíbula en las patas.

—Nada. Nada.

Bip-bip-bip.

Biiip-biiip-biiip.

Bip-bip-bip.

Los tonos electrónicos salían de la consola de comunicaciones.

—¿Me imaginé eso? —preguntó Ladito, no queriendo creerlo.

—No —dijo Campeona con aspereza—. Yo también lo oí.

Ladito corrió a la consola, con los demás perros detrás.

Quedaron en un silencio casi total de alientos contenidos y latidos fuertes. Se esforzaron en escuchar, a la espera, con la esperanza de que los sonidos se repitieran.

Bip-bip-bip.

Biiip-biiip-biiip.

Bip-bip-bip.

Era inconfundible.

Tres bip, tres biiip, tres bip.

Tres puntos, tres rayas, tres puntos.

—Código Morse —dijo Ladito—. sos.

Alguien estaba allá afuera, en la oscuridad del espacio.

Y necesitaba ayuda.

La manada tomó turnos para vigilar la consola de control en caso de que llegara otra señal de auxilio. Pero ya no hubo más. Tal vez los sensores habían fallado. Tal vez habían detectado algo de radiación que había rebotado entre los asteroides al azar. Pero Ladito no podía dejarlo por la paz. Era código Morse. Estaba seguro. Y eso quería decir que había supervivientes. Y si había supervivientes por ahí, se trataba de la tripulación de *Laika,* porque ¿quién más sabría cómo enviar una señal de auxilio en código Morse por estos rumbos, tan lejos de la Tierra?

—Supongamos que sobrevivieron. ¿Cómo vamos a encontrarlos? —se preguntaba Bicho—. El espacio es infinitamente grande y oscuro. Esto es peor que hallar una aguja en un pajar. Esto es como buscar una aguja negra en el pajar oscuro más inmenso de lo que alcanza a concebir la imaginación.

Margarita inclinó la cabeza, confundida.

—¿La aguja qué tiene que ver?

—Quiere decir que buscamos una cápsula de emergencia en el espacio —terció Campeona—. Una cápsula diminuta. En el enorme espacio sideral.

Ladito no quería saber nada de agujas o pajares. Saltó en la gravedad reducida y trepó fácilmente en la consola de sensores.

A la izquierda de la pantalla brillaba una esfera verde etiquetada como *Domo Agronómico de Laika.* Al centro de la pantalla había un punto blanco marcado HD 24040: la estrella lejana. Varios puntos más pequeños orbitaban la estrella, y uno de ellos estaba marcado como Escalón. Docenas de otros puntos, cuadrados y triángulos representaban lunas, cometas y asteroides. Ladito levantó la cabeza y miró hacia afuera del domo. Los objetos más cercanos, un anillo de asteroides, estaban demasiado lejos, y eran demasiado pequeños y borrosos para verse a simple vista. La pantalla los mostraba como pequeños triángulos rojos, no mucho más que pecas.

El código morse volvió:

Bip-bip-bip.

Biiip-biiip-biiip.

Bip-bip-bip.

La misma secuencia, una y otra vez.

Campeona se irguió en sus patas traseras y se apoyó en la consola de control. Jadeó por el dolor de apoyarse en la pierna rota, pero no se quejó.

—La señal tiene que venir del campo de asteroides —dijo Ladito, señalando los triangulitos con la pata—, sólo están a quinientos kilómetros de aquí.

Campeona miró la pantalla durante un buen rato.

—No veo la diferencia. Quinientos o quinientos millones de kilómetros. Nuestros motores no pueden lograrlo. No podríamos acercarnos a los asteroides, aunque quisiéramos. En vez de malgastar tiempo en algo imposible, deberíamos construir nuestro propio transmisor. Podríamos enviar una señal a quien sea que esté transmitiendo el sos...

Margarita se echó al suelo y se cubrió los ojos con las patas mientras Campeona y Bicho discutían qué hacer ahora.

Ladito apenas les prestaba atención. Miró fijamente la pantalla. El domo estaba a pocas horas de los asteroides. Comparado con la mayor parte de las distancias en el espacio, no era nada. Apenas un pasito. Bobbie, el Perro Maravilla, había caminado él solo durante meses. Había cruzado una distancia imposible, y enfrentado peligros y dificultades, todo con tal de encontrarse con su familia.

Ladito tomó una decisión.

—El fido —dijo.

Campeona y Bicho se tragaron los ladridos. Margarita miró a Ladito a través de sus patas. Había conseguido la atención de todos.

—El fido puede lograrlo. Un par de rociadas de los cohetes de maniobra, y avanzaré y seguiré avanzando a menos que otra fuerza actúe sobre la cápsula. Primera Ley de Newton, ¿cierto?

—Correcto —concedió Bicho—. La misma razón por la que el domo flota hacia Escalón. Una vez en camino, seguirá hasta que algo afecte su curso. Pero a la velocidad que avanzamos, estaremos muertos mucho antes de llegar al planeta.

—Pero yo no hablo del planeta —argumentó Ladito—. Digo llevar al fido a los asteroides. Digo buscar supervivientes.

Ladito notó que Campeona estaba a punto de dar razones para no hacerlo, así que la interrumpió antes de que abriera el hocico.

—Con una unidad de reciclado de aire nueva y unas cuantas PUA, un perro puede pasar días enteros dentro del fido.

—Digamos que sobrevives dentro del fido el tiempo suficiente para llegar al asteroide más cercano —dijo Campeona—. Mira la pantalla, Ladito. Hay *cientos* de asteroides, diseminados por miles de kilómetros. Sigue siendo como buscar una aguja en un pajar, sólo que incluso llegar al pajar tal vez te mate.

—Es demasiado riesgoso —admitió Bicho—. Demasiado.

Ladito ladró.

—Es lo que haría Barry el San Bernardo que se metió a una ventisca para salvar a esquiadores perdidos. Es lo que Balto y Togo harían para llevar medicamentos a través de la tundra helada.

—Ésas son las historias —dijo Campeona—. Por cada Barry que recordamos como un héroe, hubo docenas de perros que nunca volvieron de la ventisca. Y aún más perros cuyos dueños los abandonaron en la nieve para que murieran congelados.

La manada estaba en su contra. Pero a Ladito no le importaba. Él no era como los demás. No lo habían criado con el instinto de dar gusto a los otros. Su instinto era lanzarse por su cuenta. Esperaría a que se durmieran, y se escabulliría a la esclusa secundaria y tomaría el fido sin decirles.

Porque él no era sólo un perro.

Era un perro del espacio.

Un Perronauta.

Y los humanos no eran sólo tripulantes. Eran parte de la manada.

—No me arriesgaría sólo para salvar humanos —dijo Ladito—. Me arriesgaría para salvar al Comandante Lin. Y al especialista Dimka. Y al oficial médico Ortega.

Pudo oler que la firmeza de Campeona se tambaleaba.

—Arriesgaría mi vida por Roro.

Y agitó la cola.

Si bien la idea de dejar atrás a la manada y el domo y lanzarse a lo desconocido lo aterraba, no podía evitar emocionarse. La tripulación humana estaba allí en algún lugar. Roro estaba ahí. Estaba seguro. Lo *sabía*. Casi.

Con delicadeza, Campeona descendió hasta el suelo.

—¿Quieres conocer la historia de Laika?

Ladito bajó de la consola de un salto.

—Pero... no está en el libro.

—Yo sé que no —dijo Campeona—. Yo la escuché. Y entonces la borré.

Al principio Ladito no podía hacer más que mirar, atontado. Después, poco a poco, como una olla de presión hirviendo, sintió que la presión se acumulaba en su cabeza. Rencor. Enojo. Rabia. Mirando con dureza a los ojos castaños de Campeona, le dijo:

—Eres un perro malo.

Bicho tenía cara de querer morderla. Hasta Margarita temblaba con un gruñido bajo, peligroso.

Campeona dejó caer la cola.

—Sé que soy un perro malo. Y lo siento. Pensé... que si ustedes escuchaban la historia de Laika... la historia completa... cambiaría las cosas. Cambiaría su opinión.

—¿De ti?

Ladito no veía cómo podía empeorar su opinión de Campeona en este momento.

—No. De los humanos. De Roro.

¿Cómo podía la historia de Laika cambiar su opinión de Roro? ¿Cómo podían cambiar sus sentimientos por la persona que lo había encontrado en el lodo frío junto a un árbol en una mañana lluviosa?

—¿Quieren escucharla ahora, la historia?

Ladito vaciló. Campeona no estaba actuando con superioridad. Estaba asustada, y no por sí misma. Ladito sintió que había consecuencias más importantes que su curiosidad.

—Sí. Quiero oírla. Quiero que la cuentes ahora.

—Todos queremos —añadió Bicho.

—Entonces vengan conmigo —dijo Campeona, y se alejó cojeando—. Nos vemos en la lona.

—Laika era una perra callejera que vivía en las calles de Moscú en la década de 1950 —comenzó Campeona—. No era el peor lugar para un perro. A la gente de ahí le gustaban los perros. No los trataban como a una plaga que hubiera que matar o perseguir. En cambio, los aceptaban como parte de la vida en la ciudad. Dejaban que los callejeros durmieran en portales, o la recepción de los edificios. Los perros tenían acceso libre al metro. Podían subir a los trenes y bajarse donde quisieran. Pero aún así, debía haber sido una vida difícil para Laika. Moscú en invierno es terriblemente fría.

Nadie se echó ni se acurrucó sobre la lona de plástico mientras Campeona contaba la historia. Los tres perros estaban sentados muy derechos sobre sus traseros. Campeona no había elegido este lugar porque fuera cómodo o reconfortante, sino porque para un perro es importante el lugar donde duerme, y la historia de Laika era importante.

—Debe haber pensado que tenía suerte cuando fue elegida por el programa espacial soviético. La habían sacado del frío, puesto bajo techo, en el calor. Le dieron la mejor comida. Se aseguraron de que estuviera saludable. Nunca estaba sola, ni abandonada. Tenía toda clase de visitas. Gente importante, fotógrafos, reporteros. Les encantaba cualquier cosa que ella hiciera. Masticaba un hueso y se reían. Perseguía una pelota y aplaudían. No tenía manera de saber que todo llegaría a su fin. Cuando los ingenieros la encerraron en su nave, una bolita de acero que llamaron *Sputnik 2*, debe haber pensado que vería sus sonrisas de nuevo. Pero ellos nunca habían tenido la intención de traer a Laika viva de regreso. Sabían que moriría en el espacio. Los ingenieros, los técnicos, los reporteros, hasta el público. Todos lo sabían, excepto Laika.

Ladito pensó que la gravedad artificial estaba fallando, porque el suelo pareció inclinarse, y su estómago pareció subir a su garganta. Pero no era un problema mecánico. Estaba entendiendo lo que Campeona acababa de decirles.

—Se esperaba que Laika se quedara sin oxígeno y se asfixiara sin dolor. En lugar de eso, hubo una descompostura, y se sobrecalentó. Honestamente, no sé si importa cómo murió. Lo único que sé es que subió allí sin saber la verdad de su propia misión, y que murió sola. Para sus amos, probar que tenían la tecnología para enviar a un perro vivo al espacio era más importante que traerla de regreso con vida. Nuestros entrenadores en la Tierra conocían esta historia perfectamente. La conocían los tripulantes humanos de nuestra nave. La conocía el comandante Lin —Campeona hizo una pausa para mirar a Ladito a los ojos—. Y Roro la conocía también.

Ninguno de los perros ladró nada durante un momento. Margarita soltó un pequeño gemido, eso fue todo.

—¿Me creen? —añadió Campeona al fin.

—Sí —respondió Margarita con desdicha.

—Sí —gruñó Bicho.

Todos miraron a Ladito, esperando a saber qué diría.

Estaba enojado con Campeona, pero sabía que hablaba con verdad.

—Entonces, voy a preguntarlo de nuevo —dijo Campeona—. En algún lugar de ese montón de asteroides, podría haber humanos supervivientes de nuestra tripulación. Y ése es un "podría" muy dudoso. Ese sos podría ser una señal perdida que rebota por el espacio. Podría provenir de un fragmento de escombros de la cápsula de emergencia. Podría ser cualquier cosa. Y si resultara ser un superviviente, se trataría de un miembro humano de la tripulación de una nave nombrada en honor a una valiente perra a la que engañaron y mintieron. Una perrita que fue enviada al espacio sin saber que la estaban condenando a la muerte. ¿Aún quieres arriesgar tu vida por eso, Ladito?

La respuesta se congeló en la garganta del terrier.

¿Qué había sido lo último que Laika había visto antes de que la encerraran en la cápsula?

Debió ser un humano.

¿El humano la había acariciado? ¿La había rascado?

¿Le habían dado un último masaje de barriga? ¿Alguien le había pasado una última galleta?

¿Alguien le había sonreído?

¿Alguien le había dicho que era una buena perra?

¿Se había sentido amada?

Si la respuesta a cualquiera de esas preguntas era "sí", eso sólo empeoraba todo. Quería decir que los humanos podían dar consuelo y ofrecer afecto, comunicar amor, mientras decían mentiras. Podían llamarte "buen perro" y enviarte a morir.

Sabiendo eso, ¿cómo podía Ladito seguir siendo leal a los humanos?

—¿Siquiera seguimos siendo Perronautas? —alcanzó a ladrar Ladito.

—Creo… creo que sí —dijo Bicho—. Creo que sigo siendo un Perronauta.

—No sé qué más podría ser —replicó Margarita.

Campeona olisqueó la cara de Ladito.

—Sé cómo te sientes. Yo me pregunté lo mismo. Cada uno debe decidir por su cuenta. Pero sí, yo sigo siendo una Perronauta.

Oír las respuestas de los demás ayudó a Ladito a formar su propia decisión. Los Perronautas eran perros que cumplían sus misiones. Y eso era lo que Ladito quería hacer.

—Si hay alguien por salvar —dijo—, quiero intentar salvarlo.

Campeona dudó sólo un momento.

—Entonces, manos a la obra.

—Llevas tres raciones PUA, un reciclador de oxígeno nuevo, y un litro de agua casi fresca —dijo Bicho a Ladito—. Bueno, de fresca tiene muy poco, pero se puede beber.

El ánimo en la esclusa olía a urgencia y tensión. Campeona insistió en que revisaran el fido una, dos, tres veces, y luego lo revisaran otra vez. Ladito ya estaba agotado, y ni siquiera había dejado el domo todavía.

—¿Cuánto propulsor trae el fido? —preguntó.

—Medio galón. Suficiente para una hora de acción continua. Así que no lo malgastes. Libera pequeñas rociadas solamente. No necesitas más para avanzar o cambiar de dirección. El impulso será suficiente.

—Primera Ley de Newton —recordó Ladito, agradeciendo las enseñanzas de Bicho—. La recuerdo.

Margarita llegó corriendo y restregó su narizota mojada en la cara de Ladito.

—No es justo que sea yo demasiado grande para caber en el fido. Tú ya saliste una vez, y yo no he salido ni una.

—Lo siento. Tendrás que cuidar a Bicho y Campeona mientras no estoy.

Ladito tocó la nariz de Margarita con la suya, y de algún modo ese pequeño gesto se sintió como una despedida. Sintió el peso de un millón de gravedades.

Campeona se acercó a olerle el trasero y el morro para asegurarse de que estaba bien:

—Bicho alistó el sistema de comunicaciones del domo para transmitir una señal cada treinta segundos. Se sincronizará con las comunicaciones del fido para que podamos rastrear tu ubicación.

La idea de seguir en contacto con sus compañeros emanó una ola de serenidad a través de la barriga de Ladito.

—A menos que un asteroide interfiera con tu señal —añadió Bicho—, en cuyo caso no podremos hablar y no tendremos idea de dónde estás.

Bicho era algo así como un balde de agua helada con forma de perro.

Ladito quería emprender la misión antes de cambiar de idea.

—Estoy listo. El fido está más que listo. Es hora.

Así que se introdujo en el compartimento de herramientas del fido. Campeona revisó cuatro veces para asegurarse de que Ladito estuviera bien sellado y a salvo, y entonces ella, Bicho y Margarita se metieron en la pequeña cámara de observación afuera de la esclusa.

—Prueba de comunicaciones —dijo Campeona por la radio—. ¿Me copias?

—Fuerte y claro —respondió Ladito. Tuvo que hacerlo otras seis veces antes de que Campeona se mostrara satisfecha con el funcionamiento de las comunicaciones.

—Voy a monitorearte cada minuto, sin importar cuánto demores —dijo ella.

—*Vamos* a monitorearte... —terció Bicho.

—Si no abren la esclusa y me dejan salir ya, apagaré la radio —amenazó Ladito, aunque ni él se la creía. Estaba asustado. Quería quedarse en el domo. Quería permanecer con la manada. Pero si había supervivientes humanos allá entre los asteroides, ellos tendrían aún más miedo.

—Abriendo la esclusa ahora —confirmó Campeona.

Las puertas dobles cedieron con un crujido, y todo el aire de la esclusa escapó con un fuerte silbido.

—Ladito, informe —exigió Campeona.

—Todo en orden. Suelten las tenazas.

Parte de él tenía la esperanza de que algo fallara, que las tenazas no se abrieran y que a Bicho o Campeona se les ocurriera un plan de rescate brillante de último minuto que no incluyera un lanzamiento solitario al vacío dentro de una cajita de metal. Pero escuchó el ya conocido *ka-chunk* de las tenazas abriéndose.

Se inclinó hacia delante y empujó el control de movimiento con la nariz. El pequeño cohete trasero silbó, y el fido flotó hacia el lienzo infinito pintado de negro.

Bicho guio a Ladito a través de un par de maniobras, soplando los cohetes hasta que se orientó en la dirección del campo de asteroides. No distinguía ningún asteroide a simple vista. Estaba demasiado oscuro, los asteroides estaban demasiado lejos.

Quizá los sensores estaban mal. Quizá no podía ver algo porque nada *había* allí. Pero entonces percibió un destello, una roca lejana que reflejaba el sol aún más lejano.

Campeona le exigió un último informe, quería asegurarse de que no se estaba sofocando ni sobrecalentando dentro del fido. Entonces no tuvo más que otorgar un largo impulso a los cohetes para lanzarse al vacío, lejos del domo.

Ladito mordisqueaba una PUA especialmente rancia. Se preguntó si Bicho se había esforzado en equipar el fido con las PUA más rancias que había. Y si lo había hecho, había sido buena idea, porque el esfuerzo de masticar le ayudaba a Ladito a pasar el rato. También se distrajo eructando. De hecho, tras un par de horas de recorrido, eructó una canción dedicada a Margarita.

¿Sería el primer perro en eructar música en el espacio?

Campeona habría pensado que era extraño, y tal vez hasta malo, ir por ahí eructando en una misión tan importante. Pero comer, eructar, jugar, trabajar: esto era lo que él extrañaba de la vida diaria en *Laika,* estar con Roro y la tripulación, sin que cada segundo de cada minuto consistiera en sobrevivir o soportar hambre y frío, y exprimir algunas horas más de energía a las exiguas baterías.

Si tan sólo pudiera encontrar algunos supervivientes, ellos descubrirían el modo de llevar el domo hasta Escalón.

Perros y humanos, juntos.

Después de mucho comer, eructar, pensar, y un millón de informes de estado a Campeona, Ladito llegó al campo de asteroides.

Lo que no habían sido más que pequeños triángulos en una pantalla ahora eran peñas flotantes y rocas con forma de montañas. Algunas eran afiladas y destellaban con brillantes estrías minerales. Otras eran bultos de piedra, como papas colosales, repletas de cráteres.

Ladito imprimió al fido unos cuantos empujones de cohete para alcanzar la velocidad de los asteroides, y giró la vista hacia el domo. No se veía ni rastro de él. Estaba demasiado lejos, sus luces demasiado tenues. Ladito nunca había estado tan lejos de nadie en toda su vida.

Para no caer en pánico, pensó en Bobbie, el Perro Maravilla, que había cruzado 4,000 kilómetros para encontrar a su familia. Solo en el desierto, o en la cumbre de las montañas, quizá Bobbie había estado aún más lejos de los humanos y de otros perros de lo que Ladito estaba ahora. Y Bobbie había salido bien librado.

Ladito, el Perro Maravilla.

Le gustaba cómo sonaba.

Un objeto pasó flotando. Estrecho, de un palmo de longitud, no parecía un fragmento de roca. Parecía hecho por humanos. Ladito dio un veloz empujón al fido y entró a una nube de pequeños trozos de metal brillante. Casi todos eran los restos de algo indefinido. Pero también había tornillos, tuercas y remaches. Había una cosa desgarrada y esponjosa que parecía el relleno de un asiento.

Sabía lo que estaba viendo, pero era impensable. Prefirió conservar la esperanza, hasta que un trozo grande casi golpeó el fido. Era una placa de metal con algunas letras pintadas en un canto. Ladito distinguió una *C*, una *A*, una *P* y una *S*.

CAPS…

Sólo podía ser una cosa.

Tragó saliva y encendió la radio.

—Aquí Ladito. Encontré la cápsula.

Hubo un ruido, y luego la voz de Campeona.

—Informe de estado de la cápsula.

Ladito no quería responder. Porque cuando ladrara las palabras, cuando las escuchara en su cabeza, serían verdad, y no quería que fueran verdad.

—¿Ladito? Informe.

—Está hecha pedazos. La cápsula de emergencia está hecha pedazos. Fue destruida.

Transcurrió un minuto sin que escuchara respuesta en la radio. Ladito imaginó a sus compañeros en el domo, mudos de frustración, preguntándose en silencio qué hacer ahora. Ladito mismo estaba entumecido. Había esperado encontrar supervivientes. Había esperado salvarlos.

Perros y humanos juntos.

Ladito y Roro juntos.

Sus esperanzas, destrozadas como la cápsula, flotaban entre escombros.

Al fin, escuchó la voz de Campeona.

—Observa si hay algo que pueda rescatarse. Fragmentos de motor, suministros, lo que sea que podamos utilizar.

Ladito quiso ladrar. Sólo emitió un gemido. Se tragó la tristeza y volvió a intentarlo.

—Afirmativo —logró responder.

Se concentró en el campo de escombros. La mayor parte eran restos del tamaño de croquetas. Aquí y allá vio un trozo de manguera cortada, o un fragmento de un metal cualquiera. Dudó que siquiera Bicho pudiera encontrar un uso para aquellas cosas. Pero entonces divisó una simple cápsula gris, del tamaño y forma de una sandía.

Dio un empujón al fido y se acercó a ella.

¿Era…?

—Domo de *Laika*, atención.

—Fido, aquí el domo de *Laika* —ladró Campeona.

—Encontré la unidad de contención del núcleo de singularidad de la cápsula de emergencia.

Lo siguiente que oyó del domo fue a Bicho.

—¿Ves algo que parezca un generador de antigravitatones?

Ladito supo lo que Bicho estaba pensando. Un núcleo de singularidad y un generador de antigravitatones eran los dos componentes de un motor de Teseracto. En circunstancias normales, ni hubieran considerado usar un motor de Teseracto dentro de un sistema planetario, tan cerca de campos gravitacionales. Pero éstas no eran circunstancias normales. Si existía aún la más pequeña, insignificante posibilidad de usar el motor para plegar el espacio y acortar la distancia entre el domo y Escalón, valdría la pena intentarlo.

Pero no tenía caso pensarlo. Un generador de antigravitatones era tan grande como un refrigerador, y no había algo ni siquiera cercano a ese tamaño a la vista.

—Negativo —comunicó Ladito.

—Un núcleo de singularidad en funciones no tiene uso sin algo que genere y controle los antigravitatones... Pero igual trae esa unidad de contención. Es mejor que volver con las patas vacías —Ladito pudo escuchar la decepción en los ladridos de Bicho.

Campeona reemplazó a Bicho en la radio.

—No hay más que hacer, Ladito. Recoge la unidad, da la vuelta y regresa al domo —ordenó.

—Afirmativo.

Ladito extendió uno de los brazos del fido y cerró su garra en torno a la cápsula. Ya se inclinaba sobre el control de movimiento cuando un sonido fuerte y luminoso llenó el compartimento del fido.

Bip-bip-bip.

Biiip-biiip-biiip.

Bip-bip-bip.

—¡Atención, domo de *Laika*! —ladró Ladito, tratando de no jadear de la emoción—. ¿Oyeron eso?

Otra vez:

Bip-bip-bip.

Biiip-biiip-biiip.

Bip-bip-bip.

—Domo de *Laika*, aquí el fido, cambio.

Ladito esperó una respuesta del domo. Pasaron los segundos. Nada.

—Campeona, aquí Ladito, ¿me copias?

Cuando siguieron sin responder, Ladito miró en dirección al domo. Una gran ballena de roca flotaba lentamente frente a su campo de visión. El asteroide estaba bloqueando la señal de radio del domo. Probablemente también la de Ladito. Y quizá por eso la señal de sos sólo llegaba en intervalos momentáneos. Si un asteroide se cruzaba en el camino de quien estuviese enviándola, la señal quedaría bloqueada hasta que el asteroide se moviera.

Y este asteroide era enorme, más grande que *Laika,* y más lento que una nube en un cielo sin viento.

Ladito supo que su señal no atravesaría aquella roca, pero igual quiso intentarlo.

—Respondan, domo de *Laika.* ¿Campeona? ¿Bicho? ¿Margarita?

Como había pensado, sus ladridos cruzaron el vacío sin respuesta.

¿Acaso Bobbie, el Perro Maravilla, había tenido un radio que lo auxiliara?

No, no lo había tenido.

Ladito se las arreglaría sin él.

La señal de sos, sin embargo, aún resonaba.

Ladito sabía que debía esperar hasta que pasara el asteroide y luego volver al domo. En cambio, dio al fido un empujón y se internó en el campo de asteroides.

El campo se hizo más denso. Estaba a la sombra de titanes, un ratón entre elefantes. Si tenía problemas aquí, su manada nunca sabría lo que le había pasado.

—Concéntrate en la misión —se reprendió.

Estaba buscando cualquier cosa que no pareciera la áspera roca y el mineral de un asteroide. Un trozo de escombros de cápsula. Tal vez incluso una sección de la cápsula en la que los humanos pudieran haber sobrevivido, como el compartimento de tripulación. Deseó poder usar su nariz en el espacio, pues si hubiera podido, sabía que habría olfateado a un miembro de la tripulación.

Peñascos gigantes flotaban con pereza alrededor. Uno se acercó peligrosamente al fido, y justo antes de quitarle los ojos de encima, detectó un destello de luz.

Tal vez era un reflejo solar de algún trozo de material brillante en la superficie del asteroide.

Nada de qué emocionarse.

Pero ¿por qué su cola se azotaba contra los lados del compartimento?

El asteroide seguía flotando, y el área de donde había provenido el destello se había perdido de vista.

Ladito volvió a intentar contactar al domo, pero no obtuvo respuesta. El sos sonaba más fuerte que nunca.

—Éste es Ladito de la nave *Laika* del planeta Tierra. ¿Me copian? —esta vez el mensaje no iba dirigido al domo ni a Campeona. Estaba intentando alcanzar la fuente del sos.

Nada aún.

Tal vez quien estaba enviando el sos tenía un transmisor, pero no un receptor.

Tal vez estaba escuchando una señal de auxilio enviada automáticamente por la consola del sistema de emergencia de la cápsula, y no quedaba nada ni nadie que rescatar, más que otro pedazo aplastado de basura espacial.

Tal vez quien enviaba la señal no podía responder.

Tal vez nadie quedaba vivo para responder.

Ladito dio media vuelta al fido y le imprimió un empujón para alcanzar el asteroide.

Sobrevoló el objeto, que al menos medía unos cuantos kilómetros de ancho. Al acercar al fido a su superficie, pudo distinguir su terreno con detalle. Flotó a varios metros por encima de grandes cráteres, sus fondos ocultos en la oscuridad. Valles con riscos y peñascos cortaban la roca.

Descendió y empezó a flotar cerca de la superficie, a unos cuantos metros de distancia. La lámpara de operación del fido arrojaba un punto de luz, pero no encontraba rastros de actividad humana, ni siquiera escombros.

Y entonces, un destello.

Ladito guio al fido cráter adentro. El borde se alzó sobre él como los labios de unas fauces de piedra gigantes. Siguió la inclinación del cráter hacia el fondo, manteniendo los ojos fijos en la luz parpadeante. Si provenía de los restos de la cápsula, o al menos un pedazo lo suficientemente grande para proteger a la tripulación, ya la habría detectado para entonces. Pero sólo estaba aquella luz pulsante, y los insistentes *bip* y *biiip* del sos.

Mantuvo el fido avanzando lentamente, sus ojos miraban de aquí allá sobre un paisaje cubierto de rocas, miró desde piedrillas del tamaño de guijarros hasta losas cinco veces más grandes que Margarita.

Y ahí estaba, la fuente de luz. Un cilindro abollado del tamaño de una taza de café. La luz que emitía no era particularmente brillante. Ladito se había imaginado una gran hoguera, una torre de llamas, anunciando la ubicación de supervivientes como el motor de un cohete. Pero ésta era sólo una baliza de emergencia abandonada.

Ladito activó un brazo del Fido. Lo extendió y apagó la señal. La luz murió, y el sos quedó en silencio.

Le tomó unos segundos acostumbrarse a la oscuridad. Entonces lo vio: al pie de un peñasco, casi completamente enterrado en la grava, podía distinguir el guante de un traje espacial. Ladito lo observó fijamente un momento, sin terminar de creer lo que veía.

Con el más suave de los impulsos, acercó al fido a unos centímetros sobre el guante, y empezó a cavar la grava con la garra. El asteroide casi no ejercía gravitación, y con cada excavación flotaban fragmentos de roca y polvo que formaban una nube. Ladito no quería perder la visibilidad, así que cavó lenta y cuidadosamente.

Pudo ver el antebrazo de un traje espacial de supervivencia a largo plazo. Luego la placa del pecho. Marcado en ella, el nombre *Laika*.

Un gemido se abrió paso en la garganta de Ladito, y apenas pudo contenerlo.

En el domo, Campeona le había dado a Ladito consejos de operaciones de rescate. Estaba el rescate propiamente dicho, que era salvar a una persona con vida. Y estaba la extracción, que significaba recuperar un cadáver.

Ladito continuó el triste proceso de desenterrar el traje.

Cuando extrajo el casco, empezó a sentir esperanza. Era un error. No quería albergar esperanza, porque no tenía motivo para ello. Pero no podía evitarlo. Su cola se azotó contra los flancos del compartimento del fido. Sus orejas se levantaron, atentas, las dos, incluso la oreja inclinada. Tal vez la esperanza era su instinto.

Cuidadosamente rascó y limpió la grava y el polvo que cubrían el visor del casco. El polvo formaba una delgada cobertura, y la garra era una herramienta demasiado tosca para cumplir ese objetivo. Lo último que quería Ladito era agrietar el casco.

El rostro era delgado, los labios cuarteados y secos. Una capa de hielo cubría los párpados y las mejillas.

Era ella.

Era Roro.

El aullido de pena de Ladito hizo eco en el compartimento del fido, pero sólo él pudo escucharlo.

Se permitió llorar por un total de seis segundos. Seis segundos para sacar la pena del pecho y aclarar la cabeza para poder seguir trabajando.

De todos los finales que había temido, éste era el peor. Roro, sin vida. Roro, quien lo había salvado del árbol. Roro, quien lo había bañado para lavarle el lodo del pelaje (cosa que él no había disfrutado), pero luego lo había envuelto en una toalla tibia y gruesa. Roro, quien lo dejaba dormir en su cama. Roro, quien había convencido a Operaciones Espaciales que Ladito tenía la inteligencia y determinación necesarias para el programa espacial.

Le debía todo a Roro. Humanos y perros, siempre juntos. Ella era su humana, y él era su perro.

Seis segundos fue todo lo que se permitió para aullar de dolor.

Seguía teniendo trabajo que hacer, y seguía siendo un Perronauta.

Continuó cavando para liberar el traje de Roro. Había una anilla en un extremo de la mochila de soporte vital, y Ladito cerró la garra sobre ella. Estaba a punto de empujar el fido para sacar el cuerpo del cráter, cuando los dedos de Roro se movieron.

—No —se dijo. Quizá lo había imaginado. O había sido él quien había causado el movimiento sin quererlo.

Los dedos volvieron a agitarse.

—¿Roro? —ladró—. ¡Roro, soy yo, Ladito!

No hubo respuesta. Al principio.

Pero entonces los ojos de Roro parpadearon. Pequeños copos de escarcha cayeron de sus pestañas, y abrió sus ojos castaños, y miró directamente a los de Ladito.

Eran los ojos más milagrosos que Ladito había visto en su vida, porque eran de Roro y estaba viva.

La débil voz de Roro sonó por la radio del fido.

—Estoy soñando.

—No, no estás soñando. Soy yo, Ladito. Y vine a rescatarte.

No iba a recuperar su cuerpo, iba a rescatarla. No tenía idea de cómo Roro había llegado allí, de cómo seguía viva. Pero esas preguntas iban a esperar. Ahora mismo, lo único que importaba era llevarla de regreso al domo.

—¿Cuál es tu estado? —le preguntó Ladito, como Campeona lo habría hecho, haciendo que la pregunta sonara como una orden.

Roro no respondió. Tal vez estaba demasiado débil para responder. Pero entonces Ladito recordó que no podría, aunque estuviera fuerte y saludable. Por su radio, ella sólo podía oír ladridos. Si él estaba dentro del fido, si ella no podía ver su cuerpo y su postura, o el ángulo de sus orejas o la acción de su cola, su chip traductor no podía convertir el idioma perro en lenguaje humano.

Resuelve el problema, pensó Ladito.

Entonces le ladró a Roro:

—*Arf-arf-arf. Guau-guau-guau. Arf-arf-arf.*

Fue el mensaje más corto, más simple que se le ocurrió.

Los ojos de ella se abrieron por completo.

—¿Código morse? Ah, perrito listo.

—"Reportar estado" —volvió a preguntarle, esta vez ladrando en código morse.

—Débil. Fría —respondió Roro, su voz era apenas un susurro.

—"Reportar estado, traje espacial" —continuó Ladito.

Ella cerró los ojos, no emitió respuesta.

—"¡Roro!" —ladró Ladito tan fuerte como pudo. Los ojos de Roro se abrieron de nuevo, sobresaltada—. "Reportar estado, traje espacial".

—Funcionando, pero con la batería al dos por ciento de su capacidad.

Eso explicaba por qué estaba fría. Su traje estaba diseñado para sobrevivir, pero aun en las mejores condiciones, podía mantener vivo a un humano sólo durante dos días completos, quizá tres. No podía saber cuánto tiempo había pasado ella en el traje, enterrada en aquel asteroide. Con el tiempo, su reciclador de oxígeno fallaría también, y la misión de Ladito se volvería sin duda un trabajo de recuperación, y no de rescate.

Revisó su propia batería. El fido tenía aún treinta por ciento. Eso bastaba para volver al domo, pero no si compartía carga con el traje de Roro.

No había otra opción.

—¿Cómo están los otros perros? —preguntó Roro. Parecía costarle trabajo mover los labios.

—"Esperar" —ladró Ladito, usando el código. Esperó que ella entendiera que, si aguardaba un poco, podría verlos a todos. Le tomaba demasiado tiempo ladrar un mensaje, y no quería gastar ni tiempo ni aliento, si podía evitarlo.

El compartimento de batería en el traje espacial de Roro era una caja conectada a su cadera, del tamaño de media barra de pan. Husmeando en los controles de los brazos del fido, Ladito levantó la cubierta del compartimento para dejar al descubierto un ladrillo negro conectado a unos cables: la batería del traje de Roro.

A continuación, extendió la garra al máximo. Su propia batería estaba en la parte trasera del fido, No podía siquiera verla desde el interior del compartimento de herramientas. Después de demasiados intentos, abandonó el método delicado y sólo golpeó el compartimento con la garra: *clonk, clonk, clonk.* No supo que había reventado la tapa hasta que la vio salir flotando.

Dio media vuelta al fido para que su batería expuesta quedara frente a Roro.

—"Conectar" —le ladró en código.

Tuvo que ladrar la instrucción otras tres veces antes de que Roro entendiera lo que le estaba pidiendo.

Despacio con indolencia, Roro desconectó el cable principal de su propia batería y lo conectó al del fido.

—"¿Calentador?" —ladró él en código.

—Sí —respondió Roro—. Ya puedo sentirlo.

Podía escucharse alivio en su voz.

Ladito enganchó la garra por la anilla en la espalda del traje de Roro. Le pidió que se quedara quieta y estuviera preparada, y con un buen impulso de sus cohetes, despegaron del cráter, hacia el espacio oscuro, repleto de multitud de asteroides.

Ahora sólo tenía que llevarla de regreso al domo.

Asumiendo que pudiera encontrarlo.

Y que no los golpeara un asteroide.

Y que la batería compartida fuera suficiente para ambos.

—Ladito, si tu batería baja de cincuenta por ciento, debes desconectarme —la voz de Roro se escuchaba débil y susurrante. Le implicaba un gran esfuerzo sacar todas las palabras.

Ladito no le dijo que su batería ya tenía menos de treinta por ciento de la carga total. Tal vez desobedecerla lo convertía en un perro malo, pero no había llegado hasta ahí sólo para abandonarla.

—"Manada siempre unida" —ladró a Roro.

Ella no respondió. Tal vez se había dormido o desmayado.

Él dio otro empujón al fido y se lanzó al vacío.

Ladito apuntó hacia el gran asteroide con forma de ballena que flotaba entre él y el domo.

Llevaba horas sin contactar a su manada. Estaba solo en el fido, arrastrando a Roro con una garra y a la unidad de contención del núcleo de singularidad con la otra. El delgado cable de batería absorbía la energía del fido y la transmitía al traje de Roro.

Roro apenas hablaba.

Continuamente Ladito pedía reporte de estado en ladridos Morse, y ella murmuraba alguna cosa que él no lograba entender.

No parecía ser un problema técnico. A juzgar por el medidor de batería del fido, el traje de Roro recibía suficiente energía para mantener sus controles ambientales funcionando. Ella debía tener suficiente calor.

En cambio, conectar la batería del fido al traje de Roro significaba que Ladito comenzaba a sentir frío.

Las almohadillas en sus patas le dolían, y su aliento empezaba a empañar las ventanas del compartimento de herramientas.

—Mantén el rumbo —se dijo. Tarde o temprano el asteroide ballena dejaría de bloquear la señal y él podría contactar al domo otra vez. Sólo tenía que mantener el rumbo hacia la ballena.

Y permanecer despierto.

Mientras más frío sentía, más se le dificultaba mantener la mente clara.

—"Roro" —ladró en código—. "Historia."

—¿Historia? —murmuró ella.

—"Sí." "Contar historia." "De perro."

Quería que Roro se mantuviera hablando, para evitar que perdiera el conocimiento para quizá ya no volver. Además, él necesitaba pensar en algo que no fueran el frío y la distancia. Necesitaba valor.

—"Por favor" —ladró en Morse.

Después de un rato de silencio, Ladito pensó que Roro se había desmayado. Pero entonces comenzó:

—Había una vez un perrito.

Su voz sonaba tan lejos que Ladito tuvo que mirar atrás para asegurarse de que seguía anclada al fido.

—Un perrito que sólo conocía el pasado y el presente. Y ninguno de los dos era muy bueno. Una familia que no lo cuidó. Un árbol solitario en medio de un gran aguacero.

Ladito adivinó qué historia era, pero no interrumpió. Quiso escucharla.

—Debiste verlo, Ladito. Todo encogido, sus orejas gachas, un desastre de pelusa mojada. Todo cabizbajo y adorable. Estaba asustado y triste, y se moría de frío. Pero aún no se había rendido. Tenía ánimo. Albergaba esperanza. Sólo necesitaba calor, comida y amor. Sólo necesitaba la oportunidad de un futuro que no podía haber imaginado. Casi nadie en Operaciones Espaciales entendía por qué alguien lo reclutaría en el programa de Perronautas. Era demasiado pequeño. Demasiado tosco. Mestizo. Pero una persona sabía. Sabía que sólo necesitaba la oportunidad de aprender y entrenar con los mejores perros del mundo. Una oportunidad de ir al espacio exterior. De ir más rápido y más lejos que cualquier perro en la historia de los perros. Necesitaba una oportunidad de demostrar su fuerza, al sobrevivir una catástrofe tras otra. Una oportunidad de demostrar su valía, internándose en un campo de asteroides para rescatar a una boba humana.

A pesar del frío devastador en el fido, Ladito sintió calidez. O tal vez no era calidez, hacía tanto frío que no podía imaginarse la calidez siquiera. Pero había luz. Era apenas un puntito, como una estrella lejana y prometedora. Tenía que aferrarse a esa lucecita.

Tenía que ser el mejor perro posible.

Como Bobbie, que caminó más y más lejos de lo que podía.

Como Barry, el San Bernardo que sacaba exploradores de las avalanchas.

Como Bicho, el perro más obstinado que había conocido.

Como Campeona, que había arriesgado su vida para llevar comida al domo a fin de que su manada no pasara hambre.

Como Margarita, que en realidad no hacía más que rodar y rodar en el piso, pero podía fabricar un entablillado con sus fuertes mandíbulas.

Como Ladito, que no dejaría a Roro, su humano, morir.

Tenía que ser un buen perro.

Ladito ya estaba medio dormido cuando oyó que alguien le ladraba en el oído.

Sacudió su cabeza adormilada.

—Fido, aquí el domo de *Laika*. ¿Nos copias?

Una pausa.

—Ladito, aquí Campeona. ¿Me escuchas?

Sus ladridos sonaban urgentes y agotados. ¿Cuánto tiempo llevaba Ladito dormido? ¿Cuánto tiempo llevaba Campeona llamándolo?

—Domo. Escucho.

Ladridos y gemidos de celebración desde la radio llenaron el compartimento del fido. También oyó el ladrido de Campeona diciendo a Bicho y a Margarita que guardaran silencio.

—¿Cuál es tu estado, Ladito?

Buena pregunta. Ya nada veía a través de la ventana del fido, más que la cubierta húmeda de su propio aliento. A su batería le restaba menos del tres por ciento de la carga. Y sólo tenía combustible para una o dos rociadas más. Pero ésa no era su mayor preocupación.

—¿Roro? —ladró.

—¿Hmm?

Bien. Ella seguía viva.

Ladito reportó todo a Campeona, y preguntó:

—¿Qué tan lejos estoy?

El que respondió fue Bicho:

—Estás mirando en dirección equivocada, pero no estás a más de medio kilómetro de la esclusa secundaria. Bobbie, el Perro Maravilla, no lo habría hecho mejor. Espera instrucciones.

Bicho le indicó a Ladito cómo dar al fido un pequeñísimo empujón para rotar sobre su propio eje, de modo que cuando estuviera listo para activar el último empujón, el que gastara lo último en los propulsores del fido, éste planeara directo hasta la esclusa.

Si Ladito cometía un error, o Bicho cometía un error, el fido pasaría flotando más allá del domo, y continuaría su eterno viaje flotante por siempre. Entonces no quedaría más que ladrar una larga despedida mientras esperaba a que la batería y él y Roro murieran congelados.

Pero descubrió que no temía.

No iba a fallar.

Y Bicho tampoco.

Confiaba en sí. Confiaba en su manada.

Estirando el cuello, tocó los controles de los cohetes con la nariz.

—Bien —dijo Bicho—. Jala el gatillo.

—Afirmativo. Vamos a casa.

Roro y Ladito recibieron una invasión de olisqueos y lamidas y agitación de colas y ladridos y gritos y jadeos fuera de control. Roro se retiró el casco, moviendo sus brazos con lentitud, como si cada uno pesara cincuenta kilos, y sonrió a través de las lágrimas de sus ojos entrecerrados.

—Mis perros —murmuró ella, una y otra vez—: mis perros, mis buenos perritos.

La manada tenía un millón de preguntas que hacerle.

¿Qué había pasado en la cápsula?

¿Dónde estaba el resto de la tripulación?

¿Cómo había sobrevivido, cuánto tiempo había pasado en la superficie del asteroide?

Fue Margarita la que detuvo el gran caudal de ladridos.

—Necesita descansar —ladró con firmeza, y la forma en que lo dijo no admitía discusiones.

Dejando que Roro se recargara en ella, Margarita la alejó de la esclusa y le pidió que se recostara sobre la lona de los Perronautas.

Mientras Margarita le traía a Roro una mezcla de agua, raciones PUA y electrolitos del botiquín, Campeona llevó a Ladito aparte. Cuando estuvieron suficientemente lejos de la manada para hablar en privado, Campeona le dijo:

—Necesitamos saber.

Ladito miró hacia Roro, apoyada en Margarita, que la cuidaba con atención.

—Sigue muy débil, ¿no podemos esperar?

—Ya esperamos. Hay que preguntarle ahora.

Campeona no estaba usando sus gestos o posiciones de autoridad. No era necesario. Tenía razón, y Ladito lo sabía.

—¿Preguntar qué? —dijo Roro. Inició un movimiento de incorporación con un codo.

Los perros se arrastraron hacia ella. Sintieron culpa de hablar a sus espaldas. Pero Ladito la miró directamente, desafiante.

—¿Qué deben preguntarme?

—Queremos saber por qué nos abandonaron —ladró Ladito—. Por qué tú y la tripulación evacuaron *Laika*. Por qué fuimos abandonados.

—Claro que se lo preguntan… ¿Quién los culparía por creerse abandonados? Ay, mis hermosos perros. Ay, mis pobrecitos perritos.

Tomó un trago de agua y cerró los ojos un momento. ¿Reunía fuerzas, o acopiaba valor?

—La tripulación se preparaba para la llegada a HD 24040 —comenzó—. Los sistemas automáticos nos sacaron, a los humanos, de la hibernación. *Laika* estaba exactamente donde debía, justo al borde del sistema, y funcionaba a la perfección. Ya habíamos comenzado a despertarlos a ustedes cuando…

Roro cerró los ojos por tanto tiempo que Ladito pensó que se había quedado dormida, pero los abrió y continuó su relato.

—Sentí un gran temblor, un ventarrón fortísimo. Ya saben lo que eso significa, algo había penetrado el casco. Un meteorito. Fue claro, muy pronto, que *Laika* estaba herida de muerte, y el comandante Lin ordenó abandonar la nave.

La voz de Roro tembló, y Ladito casi ordenó detener el interrogatorio. No sólo se le dificultaba contar la historia, también recordarla. Ella tomó otro trago de agua y continuó.

—No culpo al comandante. Su trabajo era cumplir la misión y proteger a la tripulación. Sabía mejor que nadie que la nave y la misión estaban perdidas, así que mantuvo sus órdenes: salvar a la tripulación. Se suponía que abordáramos la cápsula y tratáramos de terminar el viaje hasta Escalón.

—Sin nosotros —dijo Campeona.

—Conocen cuántas horas se requieren para salir de hibernación —continuó Roro—. Si lo haces demasiado rápido, el sujeto entra en estado de conmoción y muere. Además, las camas de hibernación están completamente integradas en los sistemas. No podíamos desconectarlas. El comandante decidió dejarlos atrás, no tenía otra opción.

Roro cerró los ojos de nuevo. Cuando los abrió, Ladito vio una firme resolución.

—Desobedecí. Porque… porque no podía —se le ahogó la voz y se le humedecieron los ojos—. No podía dejarlos a ustedes. Tenía que intentarlo. En vez de abordar la cápsula, tomé un traje espacial y un tanque de espuma de reparación, y me dirigí a la esclusa. Mientras salía de la nave, vi la cápsula de emergencia alejarse de *Laika*.

—Te quedaste atrás y sellaste la brecha —dijo Ladito—. Lo vi la primera vez que salí en el fido para reparar la antena de comunicaciones.

Roro tragó saliva y se enjugó las lágrimas.

—Sí.

—Pero ¿por qué no entraste de nuevo a la nave?

—El comandante Lin envió un dron de captura. Me atrapó y me llevó de vuelta. Le supliqué que me dejara atrás, que me dejara a bordo de *Laika*. Sabía que él no lo haría, pero dejarlos a ustedes… abandonarlos…

Su voz se apagó. Margarita miró a Campeona con dureza.

—Está cansada.

Campeona le devolvió una mirada suave a Margarita.

—Roro, ¿qué le pasó a la cápsula de emergencia?

Roro se lamió los labios y tragó algo más de agua.

—Flotamos un par de semanas. Llegamos al campo de asteroides antes de que uno de los más pequeños nos golpeara. La tripulación se perdió en el vacío. El especialista Dimka. El oficial médico Ortega. El comandante Lin... todos ellos —su voz ya era sólo un susurro—. Todos menos yo. Yo estaba cerca de los trajes espaciales, y sólo yo alcancé a ponérmelo antes de que la cápsula se despedazara a mi alrededor. Traté de alcanzar a los demás, de ayudarlos a cubrir sus cuerpos con los trajes... pero se dispersaron en el espacio exterior. Como confeti al viento. Se perdieron.

—Tiene que descansar —insistió Margarita. Ladito estaba por darle la razón, pero Roro movió una mano.

—No. Éste es el informe de la misión, y ustedes mi tripulación. Terminaré de dictarlo. Usé todo lo que tenía de combustible en mi traje para impulsarme al asteroide donde Ladito me encontró. Hice contacto con la superficie, y desperté en el fondo del cráter. Mi reciclador de agua y de oxígeno funcionaba, y contaba con la baliza de emergencia. Pensé que era cuestión de tiempo que mi batería se apagara y muriera congelada.

—Casi sucede —exclamó Campeona.

—Casi. Pero me aferré a una luz de esperanza. Un bocadito. Pensé: si hay manera de que los perros me encuentren, lo harán. Parece que la esperanza fue la estrategia correcta.

Campeona se adelantó, inclinó el rostro y lamió suavemente la mano de Roro. Bicho hizo lo mismo. Después Margarita, restregando su lengua mojada entre los dedos de Roro.

—No nos abandonaste —dijo Ladito—. No nos abandonaste, y nosotros no te abandonamos —tocó la nariz de Roro con la suya—. Perros y humanos. Juntos.

Dejaron dormir a Roro todo el día siguiente. Margarita la despertaba sólo para hacerla mordisquear PUA, y beber agua y electrolitos. Mientras tanto, Bicho y Campeona y Ladito repasaban la situación. Estaban felices más allá de todo ladrido por haber recuperado a Roro, pero por lo demás su situación seguía siendo crítica. Continuaban a la deriva con cada vez menos energía y menos suministros, y seguían sin tener modo de llegar a Escalón en el tiempo de vida de un perro o un humano.

—¿Estás seguro de que no puede hacerse nada con el núcleo de singularidad que traje? —preguntó Ladito, por quinta vez aquella tarde, a Bicho.

El corgi bostezó, irritado.

—Es inútil sin la otra mitad del motor de Teseracto, el generador de antigravitatones. Y por lo que sabemos, este núcleo está igual de inestable que el que destruyó a *Laika*. Tal vez deberíamos arrojarlo al espacio, sólo para no correr riesgos.

Margarita se acercó con timidez.

—El generador de gravedad del domo es lo que evita que flotemos fuera de cubierta, ¿no? Entonces, por qué no lo invertimos o algo para generar antigravitatones, y luego conectamos el núcleo de singularidad para hacer un motor para el Teseracto, y usamos el motor de Teseracto para avanzar el resto del camino hasta Escalón, y yo sé que no hay que usar un motor de Teseracto en un sistema planetario porque es peligroso y todo podría salir mal y horrible pero, pues, ya todo está muy mal y horrible, y quizás ahora *no todo* sale tan mal y horrible y tal vez así no nos morimos en el espacio y yo podré correr en la hierba del planeta.

Ladito y los otros perros la miraron atónitos, con las mandíbulas colgantes. Inclinaron las cabezas.

—¿Bicho? —dijo Campeona—. ¿Es eso posible?

—Yo... yo...

—¡Puede funcionar! —Roro se acercó con las piernas tiesas. Seguía débil, pero mostraba una amplia sonrisa—. Margarita... ¡eres un genio!

—Lo sé —ladró Margarita con una aspiración arrogante—. Nadie se da cuenta de eso. En fin, a lo que yo venía era a avisarles que los huevos están quebrándose.

Ladito no había cerrado el hocico ni enderezado la cabeza.

—¿Segura, Margarita?

—Bueno, podría equivocarme. Digo, tienen grietas que no tenían antes, y algunos muestran agujeritos, y pueden verse piquitos de pollitos saliendo de esos agujeritos. Pero no soy experta en huevos.

Ladito corrió al nido de cobertores. Había piquitos saliendo de algunos de los huevos. Y entre los restos de una cáscara, un bultito húmedo, rosa y amarillo, se esforzaba por moverse, piando en busca de su mamá.

Habían transcurrido casi exactamente cuatro semanas desde que Ladito había escondido los huevos del nido averiado. Cuatro semanas de desastres, evacuaciones, de domos agrietados y singularidades inestables y rescates caninos extravehiculares. Parecía mucho más tiempo.

Ladito bajó la nariz, despacio con cuidado. Olfateó al pollito.

—No te preocupes, pollito. La misión no ha terminado.

Bicho, Ladito y Campeona pasaron horas sin dormir, examinando las entrañas de los generadores de gravedad. Roro trabajaba obcecadamente en su tableta, preguntándose cómo redirigir los emisores gravitatorios para repeler en lugar de atraer.

Y aún más complicada fue la tarea de enganchar el núcleo de singularidad. Pero siguiendo las instrucciones de Roro, y trabajando hasta que les dolieron las patas, los perros finalmente ajustaron el último empalme y fijaron la última escotilla.

Además de dirigirlos en el trabajo mecánico, Roro también determinó la ventana de lanzamiento. Escalón se mantenía en órbita en torno a la estrella, así que Roro tenía que calcular el momento correcto para activar su improvisado Teseracto para que el domo y el planeta se encontrasen en algún punto en el espacio.

No hubo una sensación de alivio cuando Roro terminó sus cálculos.

—Ya tengo la ventana de lanzamiento —dijo—. Nos quedan diez minutos.

Los ojos de Bicho saltaron.

—Pero... pero no estamos listos. Necesitamos hacer pruebas. Algo podría salir mal.

—Diez minutos no bastan —coincidió Campeona—. ¿Cuándo será la siguiente ventana de lanzamiento?

Roro consultó su tableta y revisó su reloj.

—Dentro de ciento setenta y tres años a partir de ahora.

—Lo siento, Bicho —dijo Campeona—. No tenemos tiempo para pruebas. Confiamos en tu trabajo.

—*Yo* no confío en mi trabajo. Oprimir el botón podría matarnos. Podríamos explotar. O *implotar*. Podríamos morir aplastados, o reducirnos en trozos como croquetas con jalea.

Margarita rodó por el piso.

—Yo no quiero ser croquetas con jalea.

—No creo que tengamos opción —atajó Roro. Su voz se mantuvo tranquila, pero Ladito podía oír los fuertes latidos de su corazón—. Encendemos los antigravitatones ahora y nos arriesgamos a morir, o nunca alcanzaremos Escalón.

—No es tan cierto —dijo Bicho—. Podríamos pensar una manera de volver a encender los cohetes. Podríamos descubrir una forma de obtener más energía de las baterías. Aún hay tiempo.

Ladito se compadeció; Bicho no quería ser responsable de matar a su manada. Nadie querría adquirir esa clase de compromiso. Ladito podía oler la duda hasta en Campeona. Qué gusto le daba no ser jefe de manada en este momento.

—Campeona —intervino Ladito, tratando de quitarle un peso de encima—. Sométela a votación.

—Pero que sea rápido —suplicó Roro—. Se acaba el tiempo.

Anteriormente, previo a la brecha en el casco, antes de que la tripulación abandonase *Laika*, cualquier humano se consideraría de mayor rango ante un perro. Pero Roro no se creía responsable de tomar todas las decisiones. Eran una manada, y Roro no era la líder de esa manada.

Campeona se aclaró la garganta. Se sacudió el nerviosismo, y adoptó su mejor pose de Campeona.

—Todos a favor de presionar el botón...

Antes de terminar de ladrar, Ladito y Margarita ya habían levantado las patas. Campeona levantó la suya.

—Tres de cinco —declaró Roro—, es ya mayoría. Y también yo estoy a favor —levantó la mano derecha.

Bicho gruñó.

—Seguramente moriremos, pero lo haremos de forma unánime. Perronautas, unidos —ladró.

Y levantó una pata.

En la consola de control, Roro se arremangó, mantuvo un dedo flotando sobre el botón que llevaría a todos a Escalón o los mataría de una forma muy desagradable.

—Espera —pidió Campeona—. De toda la tripulación, Ladito fue el más responsable por recordarnos que nuestro trabajo es cumplir la misión. Hubo momentos en los que quise renunciar. Pero Ladito no lo permitió, ni siquiera cuando estuve atrapada bajo una escotilla con la pierna rota. Que él tenga el honor de oprimir el botón.

Bicho y Margarita sacudieron sus colas en asentimiento.

Ladito no sabía qué decir, pero logró expresar con su ladrido un "Gracias".

Roro se agachó y lo levantó frente a la consola. Le acarició el lomo, le rascó detrás de las orejas, y el pequeño terrier mestizo color negro con canela levantó una pata decisiva sobre el botón.

—Unidos —dijo, y dejó caer la pata.

Epílogo

Ladito yacía al sol, calentándose la barriga sobre la hierba púrpura. Una brisa gentil agitaba las flores de tallo largo que aún carecían de nombre. El aire olía a corteza picante y a tierra rica en vida y hongos. Olía verde y húmedo y extraño y maravilloso.

A unos metros de allí, los pollitos cloqueaban y rascaban la tierra. Y en una colina no muy lejos, becerros y corderos y cabritos pastaban con el destello del pelaje negro, blanco y ocre de Bicho, zumbando entre sus patas. Aquí y allá se oía un balido o mugido de queja cuando Bicho mordisqueaba una pata.

Bicho se estaba divirtiendo como nunca, pero seguía haciendo su trabajo, y Ladito sintió algo de culpa por holgazanear. Además, ya casi era hora de que se reuniera la manada. Se levantó, se estiró, puso la nariz a ras del suelo, y empezó a buscar ratas.

Aún no había encontrado una rata, ni nada parecido, en los cinco años desde que el domo de *Laika* se había instalado en el planeta, pero no perdía las esperanzas. Escalón era un mundo vasto, rico y salvaje. Tenía que haber ratas en algún lado.

Había sido un aterrizaje duro. Un aterrizaje que quebró el domo y aplastó los generadores de gravedad. Pero, como había dicho Roro, todo aterrizaje del que sales caminando es un buen aterrizaje.

De todos modos, ya no necesitaban los generadores; Escalón tenía su propia gravedad.

Ladito cruzó el prado hasta la laguna de los peces. Llamó a Campeona, quien pataleaba en el agua. Su sonrisa de felicidad alocada era contagiosa, y Ladito le meneó la cola.

Casi ninguna de las plantas, insectos, colinas y zonas del planeta tenía nombre, pero la laguna sí. Había sido lo primero que nombraron, y la llamaron Laguna Laika. Y en sus orillas había un montículo alto: un monumento a la tripulación perdida de *Laika*. Las piedras habían sido orinadas por la manada, como señal de respeto y memoria.

—¿Es hora? —ladró Campeona.

—Ya casi.

Campeona nadó a la orilla y se sacudió el agua, empapando a Ladito en el proceso. Ladito trató de desquitarse mordiéndole la cola, pero Campeona era demasiado rápida para él. Ladró divertida y salió corriendo hacia el domo.

Ladito fue detrás, y Bicho dejó el rebaño para reunirse con ellos.

Oyeron y olieron a Margarita antes de verla, un gran desastre galopante agitando nubes de insectos como mariposas, con alas plateadas del tamaño de platos. Corría kilómetros cada día. Ya no era una cachorra, pero no había cantidad de ejercicio que pudiera agotar su energía. Rodó en la tierra color zarzamora hasta que Roro salió del domo.

Los perros la rodearon, exigiendo caricias y rascadas como si llevaran una eternidad sin verla. La saludaban igual cada vez, aun si la última hubiera acontecido sólo cinco minutos antes.

Roro estaba sucia, sus mejillas y rodillas llenas de tierra. Había estado en el domo, cuidando las cosechas de la temporada. Con los granos y vegetales que cultivaba, y los peces de la Laguna Laika, la manada se mantenía bien alimentada.

Roro revisó su reloj y señaló el cielo.

—Justo a tiempo —dijo.

Ladito miró en la dirección que se señalaba y vio a lo que le apuntaba.

Hubo una luz en mitad del día, más brillante que cualquier estrella. Iluminaba cada vez más, y estaba descendiendo: la segunda misión espacial a Escalón.

Veinte tripulantes humanos. Dos vacas, seis ovejas, seis cabras, doce pollos.

Y ocho perros más.

Ni una rata, al parecer. Pero Ladito nunca perdería la esperanza.

FIN

Agradecimientos

Como los Perronautas de *Laika*, me apoyé en una manada entera de amigos y colegas para llevar este libro a su destino. Primero que nada, gracias a mi amoroso control de misión, Lisa Will. Además de su apoyo constante y amoroso, Lisa aportó su conocimiento astrofísico para señalar los errores científicos e imposibilidades en la historia, y los que permanecieron son de mi entera culpa.

Gracias de corazón a mi agente, Holly Root, quien me adoptó cuando yo era un perrito perdido, y que creyó en mi trabajo tal vez más que yo.

El mayor respeto y agradecimiento a mi editora, Erica Sussman, quien mejoró tanto este libro haciendo las preguntas correctas; a Deanna Hoak, correctora suprema, por hacerme ver bien; a Mark Fredrickson, por su portada, que tan bien captura la esencia del *perro*, y a Aurora Parlagreco por su hermoso diseño. Y a todo el equipo de edición, producción, ventas, publicidad y administración en HarperCollins, gracias por todo lo que hicieron para darle forma a este libro y lanzarlo en su viaje.

Los miembros de mi manada personal leyeron el manuscrito original, me dieron apoyo, consejo y ánimo de continuar. A Tobias Buckell, Rae Carson, Deb Coates, C. C. Finlay, Alan Gratz, Karen Meisner, Sandra McDonald, Sarah Prineas, gracias. Y un agradecimiento especial a Jenn Reese, por dar nombre a mi tripulación: los Perronautas.

Finalmente, a todos los canes del mundo, sin los cuales los humanos seríamos una especie muy diferente y mucho menos decente. Todos son buenos perros.

Esta obra se imprimió y encuadernó
en el mes de octubre de 2018, en los talleres
de Impregráfica Digital, S.A. de C.V.
Av. Coyoacán 100-D, Col. Del Valle Norte,
C.P. 03103, Benito Juárez, Ciudad de México.